CUENTOS QUE MI ABUELA ME CONTABA Y OTROS RELATOS

CUENTOS QUE MI ABUELA ME CONTABA Y OTROS RELATOS

FÉLIX RAFAEL LÓPEZ MATOS

Número de Control de la Biblioteca del Congreso de EE. UU.:   2022902110
ISBN: Tapa Dura   978-1-5065-3979-9
                 Tapa Blanda   978-1-5065-3978-2
                 Libro Electrónico   978-1-5065-3977-5

Esta es una obra de ficción. Cualquier parecido con la realidad es mera coincidencia. Todos los personajes, nombres, hechos, organizaciones y diálogos en esta novela son o bien producto de la imaginación del autor o han sido utilizados en esta obra de manera ficticia.

Ilustración de portada por Jocelyn López Luna

Información de la imprenta disponible en la última página.

Fecha de revisión: 14/04/2022

Para realizar pedidos de este libro, contacte con:
Palibrio
1663 Liberty Drive, Suite 200
Bloomington, IN 47403
Gratis desde EE. UU. al 877.407.5847
Gratis desde México al 01.800.288.2243
Gratis desde España al 900.866.949
Desde otro país al +1.812.671.9757
Fax: 01.812.355.1576
ventas@palibrio.com
839332

ÍNDICE

"En América Latina, el escritor no necesita una mente brillante, ni mucha imaginación para escribir. Solo necesita escribir la realidad de América Latina... que supera la ficción"

Gabriel García Márquez

1982

DEDICATORIAS

A MIS PADRES:

JULIANA MATOS, quien me trajo a la vida, bajo el riesgo de perder su propia vida. Pues después de haber tenido cuatro cesáreas, los doctores le recomendaron que no podía tener más embarazos y salió embarazada de mí y aquí estoy yo, por su valentía.

FÉLIX LÓPEZ De La ROSA (fallecido) hombre a quien amé, con sus grandes virtudes y sus pequeños defectos.

MI ESPOSA:

JUANA C. LÓPEZ LUNA
Quien ha complementado mi vida y ha sido mi apoyo y amor incondicional por veintisiete años. Me ha brindado su tiempo y yo le he quitado de mi tiempo de estar con ella, sin su comprensión este libro no sería posible. Gracias por haber sido un gran soporte en mi vida y la realización de este, nuestro libro.

A MIS HIJ@S

JOCELY, ESELLY Y AMIN por llenarme de muchas alegrías y pocas penas.

MIS HERMANOS

FELITO, RAFAEL LUIS, TONI, MIGUELINA (Tachy) FELIX ALB.CRISTIAN, RAMONITA y todos los sobrinos y sobrinas, que aunque no los nombro, los llevo prendido en mi corazón.

IN MEMORIAM

A Rafael Ant. López Matos. (16/6/58 7/4/19) Mi
hermano. De quien aprendí a hablar con hechos,
más que con palabras. A respetar las opiniones
divergentes a las mías, ayudar a los demás en silencio,
a amar al prójimo, más que a los objetos materiales
y a ser honesto y justo sobre todas las cosas.

AGRADECIMIENTOS

Adriano Brand Lora, Franz Erich López, Manuel Dicen, Andrés Madera, Yancarlos Reyes, por haber tenido un momento de sus tiempos, para leer mis cuentos y criticarlos. Gracias por sus motivaciones y apoyo a la publicación de esta obra.

SOBRE EL AUTOR

 Félix Rafael López Matos. Nació en agosto de 1966, en Santo Domingo, Rep. Dom. Siendo sus padres, el ex-capitán PN Félix López de la Rosa (fallecido) y la señora Juliana Matos de López. Casado con la señora Juana Luna de López con quien procreó tres hijos. Cursó sus estudios primarios en la Escuela Primaria Honduras, sus estudios secundarios en el Liceo Gral. Antonio Duverge, obteniendo el grado de bachiller en Ciencias físicas y matemáticas. En sus años juveniles fue dirigente estudiantil de la organización progresista Fuerza Juvenil por el Socialismo FJS, llegando a ostentar los puestos de secretario de organización y la secretaria general de la Asociación de Estudiantes del Liceo Gral. Antonio Duverge, ASOEGAD, por dicha organización estudiantil. Estudió sociología en la Universidad Autónoma de Santo Domingo UASD (No concluida). Fue miembro de los organismos de co-gobierno estudiantil tanto del Subconsejo técnico del Departamento de sociología de la UASD, participando en los debates por el

rediseño curricular (91-92), como del Consejo técnico de la Facultad de Ciencias Económicas y Sociales (FCES) de la UASD (91 -93) Secretario de Acta y correspondencia de la Asociación de Estudiantes de Sociología AES (1990) y la secretaria de organización, de dicha organización estudiantil (91-93). Es egresado de la Henry Georges Social Science School of New York (1998) habiendo completado todos los niveles requeridos por dicha escuela de Ciencias sociales. Participó en la Primera Encuesta Nacional de Mano de Obra ENMO (1992), Santo Domingo representando a la UASD.

Fue miembro fundador de la Federación de Jóvenes Trabajadores, apéndice juvenil de la Confederación Nacional de Trabajadores Dominicanos (CNTD) ocupando la Secretaría de Finanzas (1991) Participó en el 3er Encuentro de Jóvenes trabajadores (Jamaica 1991) Fue miembro del Comité de impulso al Primer Encuentro Latinoamericano de Estudiantes de sociología (ELES) participando en dicho evento realizado en la Universidad Nacional de Colombia en el mes de abril de 1992.

Colaboró en las Secciones de opinión "Pido la Palabra y Columnista Invitado" del periódico "El diario La Prensa" de la ciudad de Nueva York, entre los años de 2004 y el 2006, escribiendo algunos artículos en dicho periódico. Fue comentarista de actualidad en el programa radial "Deportes y más" en la ciudad de Nueva York (2015-2018) Actualmente vive en el Bronx, Nueva York trabajando como Porter (conserje), en un edificio comercial. Es miembro de la Unión 32 BJ, desempeñando la función sindical de Steward o enlace entre dicho sindicato y los trabajadores del edificio donde trabaja, compartiendo su tiempo libre entre el activismo comunitario, sindical y la escritura.

BIOGRAFIA DE ILUSTRADORA JOCELY LOPEZ LUNA

Nació en el Bronx, New York, en 1996. Aprendió a leer y escribir, a la tierna edad de tres años, bajo el influjo de sus padres. Cursó sus estudios secundarios en la escuela de The Law Government and Justice, del Bronx, NY. Estudió en la Universidad de Columbia, obteniendo el grado de Licenciatura en Ciencias Medio Ambientales, en el mes de mayo del 2020. Trabaja como Asistente de Investigación en el Observatorio Terrestre Lamont- Doherty de la Universidad de Columbia y en su tiempo libre se dedica al disfrute del dibujo y la pintura.

INTRODUCCIÓN

CUENTOS QUE MI ABUELA ME CONTABA Y OTROS RELATOS

La región Sur de la República Dominicana es la más pobre y misteriosa, en la que el mito y la realidad se pasean de las manos y se funden formando una simbiosis de historias y leyendas que se confunden entre lo real y lo misterioso. Creándose una realidad mística y dicotómica entre, lo cierto y lo fantástico. Las creencias mágico-religiosas fluyen como manantiales y torrentes de ríos de fuegos y estruendosas centellas, de arcoíris floridos y de múltiples formas y colores. La realidad se entremezcla difusa, entre el abandono y la miseria, la opulencia y el poder. Todo converge y se entrelaza en ese Sur profundo, místico, misterioso e indescifrable.

Está obra consta de doce cuentos cortos, escritos en diferentes épocas en la vida del autor. La primera intención del autor era la de rescatar la tradición oral familiar, transmitida de boca en boca a través de cuatro generaciones. Las personas mayores de la familia, por razones biológicas han iniciado su proceso de desaparición natural y con ellos sus vivencias y tradiciones, las cuáles trata de rescatar el autor en estos relatos, que como dice en el título, mi abuela me contaba, cuando yo aún era un niño y que pongo a disposición y ponderación, del escrutinio público de las presentes y futuras generaciones en esta obra.

Todos los relatos están basados en hechos reales. Aunque en algún momento recurro a la ficción. Sobre Liborio y el liborismo, creo que es el primer intento de una religiosidad autóctona dominicana, sin ningún tipo de influencia de la liturgia eurocéntrica, ni papal. Es una interpretación del cristianismo, asumida por Olivorio Mateo Ledesma y sus seguidores devotos. El liborismo es la expresión de como Cristo hubiera deseado ser asumido e interpretado por los dominicanos según sus criterios sobre el cristianismo.

Parto de historias y anécdotas que me narraban mis abuelos maternos, en especial mi abuela, quien fue testigo ocular de curaciones de personas realizadas por Liborio y de la forma en que lo pasearon en la comunidad después de haberle dado muerte.

Guelo Sánchez, fue mi bisabuelo, de quién dicen los que les conocieron que poseía poderes sobrenaturales. Felicito, aunque era de Nagua, en el Sur tuvo muchas vivencias que incidieron sobre él y su vida. Notarán que los relatos tienen una marcada e inusitada inclinación hacia lo histórico-social, pues, esta viene dictada por la influencia de las Ciencias sociales, de donde proviene la formación académica e intelectual del autor. Todo lo aquí escrito es absolutamente responsabilidad del autor, pues a nadie recurrí para pedir opinión y/o asesoría de las formas y estilos de narrativa. Utilizo un lenguaje sencillo y de fácil comprensión. No pretendo la belleza literaria, ni el lenguaje fino y estilizado, ni el uso de vocablos rebuscados, sólo persigo escribir mis relatos, qué son historia familiar, para que quién los lea pueda conocer las historias, que las relato de una manera entretenida y amena. Me sentiré más que honrado de la crítica, siempre y cuando está sea con intenciones constructivas, pues, sólo deseo el entendimiento pleno de lo narrado, y dar a conocer estos relatos fuera del círculo familiar en el que se han mantenido por más de cien años. Algunos nombres de personajes reales han sido cambiados, para no causar posible conflictos judiciales. Sin ínfulas de pretender ser un gran escritor, sólo deseo poder llegar al lector, y aprender de los debates y las polémicas que seguramente generará la siguiente obra.

GLOSARIO DE DOMINICANISMOS

ATABALES: instrumento musical hecho con pieles de animales y troncos de madera hueca. Tambor.

BACA: ser mítico mayormente un animal que en la cultura popular dominicana tiene la facultad de proteger y salvaguardar las propiedades y los bienes de quienes lo invoquen.

BENEFACTOR: uno de los tantos títulos con lo que había que denominar al tirano Trujillo en los actos públicos.

BIDÓN: recipiente de metal

BOFE: riñones de res frito.

CACHIMBO: pipa. Para fumar tabaco

CANILLAS: piernas delgadas

CHAPITA: mote o sobrenombre con el que los amigos de infancia llamaban al tirano Trujillo.

CHEPA: casualidad. Azahar

CONCHO PRIMO: periodo de la historia dominicana en el que los caudillos regionales organizaban un grupo armado y desataban una revuelta para derrocar al gobierno de turno.

CONCONETE: masa de harina, coco azúcar y levadura, que se hornea.

CONUCO: nombre que le da el campesinado pobre a su finca.

CONVITE: cofradía que se juntaban para ayudarse con la recolección de cosechas.

DEJAR ENGANCHADO: dejar a una persona en espera de algo que nunca llega o sucede.

ENLLAVAO: compadrazgo. Amiguismo.

ENSALMOS: ritual que consiste en hacer señales de la Cruz con los dedos, mientras se reza una oración para sanar enfermedad o evitarla.

FANTAMOSO: ostentoso, presumido.

FUTUTO: instrumento músico de viento, hecho con el caparazón de un molusco marino.

GALIPOTE: ser místico, en la creencia rural dominicana, que posee poderes sobrenaturales para transformarse en animales, plantas u objetos.

HACERSE EL CHIVO LOCO: ignorar algo a sabiendas de que tiene conocimiento del evento.

IRSE PAL'CARAJO: terminó que significa, que es equivalente a vete al diablo.

LA GOTA: nombre despectivo con el que se conoce la epilepsia.

MABI: bebida refrescante, hecha de una planta llamada Behuco, tomada por personas de escasos recursos económicos

MAIPIOLOS: facilitadores sexuales. Dueño de cabaret.

MAÑESES: forma despectiva de llamar a los haitianos.

PENDEJO: miedoso, Cobarde

PENSAMIENTO DUARTIANO: ideario del padre fundador de la República Dominicana.

PETIGRE: avecilla, que los lugareños de Las charcas de Azua le llaman así porque estás aves emiten un sonido que onomatopéyicamente se escucha como petigre.

PLOTA: hace alusión a una pila de materia fecal.

PONERSE BOTO: perder el filo un objeto cortante

YAGUA: corteza de una planta palmípeda originaria de la República Dominicana.

ZANGANO: persona que posee la facultad de poder estar en varios lugares a la vez y trasladarse de un lugar a otro en un espacio tiempo menor que una persona normal.

GUELO SÁNCHEZ: ZANGANO O GALIPOTE

Todas las mañanas junto al alba, se le veía encender su pipa con la velocidad serena y pausada, que da la dicha de haber vivido por muchos y largos años. Era un anciano de extraordinarias cualidades, su vida había transcurrido llena de acción y aventura de leyendas que roza lo inimaginable y lo fantástico. Guelo Sánchez había cumplido ya los ciento quince años y solo se sentaba debajo de un árbol de bayahonda, con su pipa a esperar que le llegase su turno para partir hacia el mundo infinito, misterioso y translúcido de la muerte: pero quienes de joven le conocieron no tenían más alternativa que la de quitarse el sombrero en franca reverencia a sus proezas las cuales se inician a finales del siglo XIX y a comienzos del siglo XX, en una comunidad rural del sur dominicano perteneciente a Azua de Compostela, denominada Las charcas, que apenas en aquel entonces era una comunidad incipiente y que a lo sumo contaba con diez o doce familias. Viviase en el país una de las etapas más sombrías de su historia. Viviase una de las tiranías más sangrientas de las que se hayan conocido en el país, esto acontece en el periodo de la historia Dominicana conocido o denominado, como la "Era de Lilis".

Una mañana serena, le llegó un telegrama de reclutamiento, dirigido a nombre de José Miguel Sánchez, en ese entonces, un joven campesino que trabajaba duro en la siembra de su conuco, para poder subsistir. En el texto del telegrama se consignaba: que debía "presentarse a la mayor brevedad posible, a la fortaleza militar más cercana" porque había sido seleccionado para servir en el ejército en calidad de recluta. Tenía que reportarse de inmediato para iniciar el Servicio Militar Obligatorio. El Servicio Militar Obligatorio había sido instaurado en el gobierno provisional del Gral. Gregorio Luperón en el año de 1882. José Miguel Sánchez era un hombre de bien, que en medio del oscurantismo de la época había aprendido a leer y escribir, al amparo de su padre, quien le enseñó sin tener que asistir a la escuela. La ignorancia, la superchería y las ideas mágico-religiosas, dominaban el espectro educacional y cultural de la era.

Guelo había adquirido la claridad que ofrece la luz, del saber leer y escribir, en una sociedad cubierta por la manta del analfabetismo. Como poseedor de esa facultad humana, él sabía lo que significaba para un hombre amante de la paz y la libertad servirle a un régimen, que aunque había restaurado la paz dentro de un estado convulsionado por el desorden institucional, el precio para imponer esa paz, había sido muy sangriento. El entendía que la libertad para ese régimen era solo una palabra muerta de ocho letras y que la vida humana no tenía importancia para ese régimen atroz. Él sabía que si se negaba a presentarse al Servicio Militar Obligatorio, se convertiría en un enemigo del régimen tiránico de Lilis y no contaría con el afecto de las autoridades y podía ser declarado desertor del ejército y cumplir una larga condena en prisión, o posiblemente se le formularían cargos de alta traición a la patria, que lo llevaría ante un pelotón de fusilamiento, que lo ejecutaría, pero también sabía, que si se sumaba al Servicio Militar Obligatorio, sería colaborador de un régimen que cometía las más horrendas y oprobiosas arbitrariedades en contra de los ciudadanos y los individuos que no compartían su simpatía por el régimen.

Ulises Heureaux (Lilís), había llenado de luto a innumerables familias dominicana. Viviase, en ese entonces un estado de penurias. Lilis había endeudado el país solicitando empréstitos a algunos países más desarrollados económicamente. Durante este régimen predominaba la imposición de las ideas por la fuerza de las armas. Las elecciones, si las habían, mayormente eran fraudulentas y amañadas, eran una farsa. Los crímenes y asesinatos políticos, estaban a la orden del día. Todo esto lo sabía Guelo Sánchez y el conociendo este estado de cosas, que ocurrían en ese gobierno y que ese ejército que lo requería en calidad de recluta, no era más que el soporte de esa férrea tiranía, que ese ejército poseía la característica de la estructura moral y mental del déspota. Guelo sabía también que el tirano, no estaba preparado para una obra constructiva en el sentido económico, ni en el sentido político, sino que era un gobierno unipersonal, basado en la iniquidad de un hombre-estado.

Guelo había visto a Lilís, cuando este se paseaba pedante por las calles del pueblo de Azua, luego de que este desembarcara por la costa azuana en Octubre de 1885, para combatir a las tropas del Gral. Cesáreo Guillermo, quien había salido huyendo a la persecución desatada en su contra por el gobierno del presidente Alejandro Woss y Gil, quien ostentó el poder por un periodo breve y quien fue un presidente servil a los intereses y a las disposiciones de Lilís, quien lo presionó para que lo nombrase como comandante y jefe de las tropas que enfrentaron la sublevación del Gral. Guillermo. Los sublevados que apoyaron el levantamiento de Cesáreo Guillermo en su mayoría eran azuanos y muchos de ellos eran amigos o conocidos de Guelo Sánchez. Lilis había llegado a Azua en la noche del 11 de octubre de 1885, con más de cuatrocientos soldados, bien armados, los cuales superaban en números y en armas a los sublevados comandados por Cesáreo Guillermo. La batalla fue feroz y desigual, porque las tropas de los rebeldes no alcanzaba el centenar, mientras las tropas que le eran leales al régimen excedían varias veces en números a sus oponentes. El general Cesáreo Guillermo logró, escapar con vida en esa ocasión de las tropas comandadas por Lilis, pero no así, muchos de los sublevados que no corrieron con igual suerte y fueron masacrados y acribillados salvajemente por las bayonetas y las balas arrojadas con dureza y rabia por las armas lilisistas. Por mediación a esos combates, Guelo Sánchez había podido constatar la intolerancia, la prepotencia, la brutalidad y la jactancia con la que actuaba el déspota. Definitivamente, Guelo estaba convencido de que no quería ser parte, ni cómplice del juego de ese régimen sanguinario. Guelo debía de tomar una decisión, de esas que solo los hombres sabios son capaces de tomar. Tenía que elegir entre tres opciones:

estas opciones eran: Alistarse en el ejército y servirle a un régimen tiránico y despótico. Negarse al reclutamiento e ir por muchos años a prisión o posiblemente enfrentar la pena de muerte ante un pelotón de fusilamiento y por último convertirse en un perseguido político del régimen tiránico y despótico de Ulises Heureaux Lilís y optó por esto último y no se presentó al Servicio Militar Obligatorio. Así Guelo Sánchez pasó a convertirse de un humilde campesino en un perseguido político del régimen de Lilis.

Guelo Sánchez, era un hombre de estatura pequeña, de un carácter y un temperamento tranquilo y apacible, voz pausada, parco y enfático al hablar. Era un creyente fervoroso de Dios y de su hijo unigénito Jesús, al cual no apartaba de sus acciones cotidianas invocándolo en todo momento de su vida; ya sea para agradecerle por la abundante cosecha que le concedió, como para pedirle que le concediera también una abundante cosecha a los demás campesinos de su comarca. Guelo era un hombre de Fe, en todo el sentido de la palabra y esa Fe, le llevó a adquirir un vasto conocimiento en el dominio de oraciones y salmos de origen mágico-religioso que utilizaba en ocasiones y circunstancias especiales y propicias de su existencia, que le resultaban y que le salvaron la vida en más de una ocasión, como una vez en la cual él caminaba con unos amigos entre un caserío y de una manera sorpresiva se les apareció un enorme perro bravío y rabioso en su camino, rápidamente el perro se encontraba a varios pasos de distancia de ellos. El animal les miraba con una expresión de fiera salvaje, sus ojos le brillaban como la luz de dos linternas encendidas y parecía sonreír como de una manera demoníaca. Guelo no tuvo tiempo para reaccionar, quedó inmovilizado. El perro emitió varios ladridos, su rostro mostraba una expresión de fiera salvaje, como que estaba dispuesta a terminar de un solo mordisco a su presa, de la boca del animal se desprendía una baba viscosa, casi espumosa, que le colgaba y se derramaba al suelo. El animal volvió a emitir varios ladridos, al tiempo de carraspear en la tierra con sus patas, como afilando sus garras. En el instante en que el perro se disponía a abalanzarse sobre ellos para devorarlos, llegó a los labios de Guelo la oración oportuna: "Detente animal feroz y pega tus rodillas al suelo, que antes de nacer tu nació el rey de los cielos, la hostia y el cadiz traigo en la mano para que comamos y tomemos los dos, el resto es para que se te ensarte la palabra de Dios el santísimo y la santísima cruz - y golpeándose con el puño tres veces en el pecho - repitió Cristo paz! Cristo paz! Cristo paz". El perro al escuchar la primera palabra de la oración quedó paralizado, su bravura fieresca y diabólica empezó a transformarse en la de una mansa oveja, al terminar la oración el perro que segundos antes pretendía comerlo como un bocado ya se dejaba acariciar de Guelo, al momento que este se persignaba y daba las gracias a Dios "Gracias Dios mío - decía Guelo - por escuchar mis plegarias!" Mientras que él y sus amigos, abandonaban el lugar sigilosamente y el animal volteaba la cabeza para verles partir, con la lengua afuera y meneando la cola en señal de despedida, el perro parecía decirle "Vaya con Dios buen Hombre". La oración había surtido efecto y los acompañantes de Guelo, quedaron sorprendidos por la forma en la que había controlado al animal, ya que esté había mordido anteriormente a otros transeúntes qué se habían desplazado por el lugar.

La industria maderera, hacía años que había dejado de ser el principal renglón productivo de la economía dominicana. Los bosques frondosos del sur empezaban a transformar sus paisajes de templado y húmedo a semidesértico o seco, los grandes árboles de caobas que una vez poblaron la extensa llanura del valle de Azua, habían pasado a adornar los grandes salones imperiales de las cortes europeas y norteamericanas. Estos caobales venían a ser sustituidos por los cactus, Bayahondas, cambrones y Guasábaras que hoy lo pueblan y para Guelo Sánchez se iniciaba su odisea.

La mañana llegó bruscamente, la claridad del día cubría todo el valle y los primeros rayos del Sol se filtraban entre el tejido de Guano del techo de la casa de Guelo, quien paulatinamente se despertaba con el pie derecho como siempre lo hacía para tener un día sin contratiempos, a la vez que rezaba una de las tantas oraciones que sabía. Habían transcurrido ya varias semanas desde que Guelo recibiera el telegrama de reclutamiento. Junto con los primeros rayos del sol se presentó una patrulla del ejército de Lilís a la casa de Guelo Sánchez para indagar sobre las razones por las cuales este no se había presentado a los requerimientos del ejército, para su reclutamiento y a llevarlo como prisionero. Guelo todavía rezaba cuando el aleteo de unas aves, espantadas por el trote de los caballos de la patrulla, le advertían que alguien se aproximaba a su vivienda. Pausadamente, empezó a recoger algunas pertenencias que él consideraba de utilidad, entre varios objetos su biblia, su diario y su pipa. Cuando la patrulla llegó a la humilde morada, el comandante con un tono firme y enérgico gritó: "Guelo es la guardia y venimos a llevarte preso. Entrégate y no pongas resistencia" replicó la voz del comandante. Sin Titubeos y serenamente Guelo le respondió "Está bien pero antes permítame vestirme", "Está bien" dijo el comandante accediendo a su solicitud, esperaron atentos cerca de diez minutos para darle tiempo a que se vistiera y Guelo no salia.la patrulla empezaba a impacientarse, esta vez el comandante de la patrulla inquirió en un tono molesto: "Guelo o sales en este mismo momento o derribamos la puerta", al momento que le hacía seña a dos reclutas que se acercaran a la puerta para cerciorarse de que dentro de la casa se escuchara un ruido, que le indicara que Guelo se mantenía adentro aún. Esta vez Guelo no respondió "Derriben la puerta" ordenó el comandante y los reclutas procedieron a acatar la orden y cuando estos se disponían a derribar la puerta, está se abrió sola, los guardias se miraron asombrados y con sus armas en las manos penetraron a la casa y comenzaron a requisar toda la vivienda. La sorpresa fue enorme al observar que Guelo no se encontraba dentro de la vivienda "Donde se habrá metido ese condenado?" preguntó asombrado uno de los guardias. "No está aquí" exclamaba otro guardia al entrar a la única habitación contigua a la casa. Al parecer Guelo se había esfumado, no estaba dentro de la casa y nadie le vio salir, "Búsquenlo bien - ordenó el comandante - que no pudo haber desaparecido". Toda la búsqueda fue infructuosa, nada parecía encontrarse con vida dentro de la vivienda, lo único que se encontraba en un rincón de la casa era una vela encendida cuya llama resplandecía con una brillantez increíble. El fuego de la llama de la vela tenía un color rojizo y se elevaba, desprendiendo unas chispitas, que le daban un aspecto de hoguera. El borde de la llama tenía una tonalidad entre verduzca y añil, que le hacía parecer extraña. Uno de los guardias que vio la vela sintió que se le ponía la piel de gallina, como presintiendo la presencia o el impacto de "algo" misterioso. La llama parecía sugerir a quien la viera que estaba llena de vida, lo único en la casa fuera de la presencia de los guardias que parecía tener vida propia era la llama de la vela. El comandante ordenó que cesara la búsqueda, mientras murmuraba "donde carajo se habrá metido ese pendejo". La casa había sido revisada por todos los rincones y no había forma de esconderse de manera tal que no se diese con el paradero de una persona. Las casas de esos campos del sur en aquellos tiempos, eran construidas con una especie de planta de palma utilizando su corteza como paredes y eran techados con otra palmípeda llamada Guano. Las paredes de las viviendas eran empañetadas con barro mezclado con estiércol de vaca, para evitar que el frío del invierno y la humedad y el calor del verano se colaran entre las rendijas de las maderas, este material permitía que las viviendas se mantuvieran frescas en medio de las altas temperaturas y el Sol calcinante y caliente, en tiempos de frío. Los pisos eran de tierras y los más pudientes o adinerados los construían de maderas. Las casas estaban divididas en dos partes, de un lado estaba la sala y el comedor, en la otra quedaba el dormitorio, donde dormían todos apiñados, pues no contaban con habitaciones separadas. La cocina se encontraba separada en otra casita contigua ubicada paralelamente a la vivienda, de manera pues, que estas casas no estaban diseñadas para que una persona pudiera esconderse de una manera tal que no pudiese ser encontrado.

El comandante de las tropas ordenó el cese de la búsqueda y la retirada. La patrulla comentaba entre sí, sobre la insólita y misteriosa fuga, no hallaban una explicación lógica para describir lo acontecido: "Como puede ser posible-se preguntaba el comandante-que teniendo una casa rodeada, una persona pueda salir sin ser vista?, tendremos que declararlo prófugo y aplicarle la Ley de Fuga". Esto es que podían matarlo en cualquier lugar que lo sorprendan. "Dejaré a alguien custodiando la casa por si acaso se le ocurre regresar" -sentenció el comandante-. Luego de la fuga, la mañana prosiguió despacio, parecía como si se hubiese detenido la manecilla del reloj. Ya la aldea había despertado por completo y los parroquianos del lugar empezaban a rumorar sobre la asombrosa fuga. La vela se había apagado sin haberse consumido por completo toda la cera. El guardia que habían dejado a custodiar la casa de Guelo, era el mismo que había experimentado la sensación misteriosa al ver la vela encendida, en esta ocasión el guardia razonaba sobre lo ocurrido, la impresión que sintió y el gran impacto que recibió al observar la llama de la vela, en su corto entender, el guardia había llegado a la humilde conclusión, de que Guelo Sánchez era "un Galipote". Un galipote en la creencia popular del campesino dominicano es una especie de Chamán que posee poderes sobrenaturales para transformarse en animal o en objetos, mediante el empleo de oraciones y la toma de pociones y brebajes de hierbas. El Galipote según la creencia suele tener facultades curativas, es capaz de comunicarse con los espíritus y es considerado como bien hechor lo que lo distingue del brujo. El fuego de la vela se había extinguido y lo más extraño era que no había señales de que hubiera sido apagada por una corriente de aire, era casi imposible de que una corriente de aire llegase al lugar en el que se encontraba la vela, además esa mañana había estado muy calurosa y no había estado ventosa. Al extinguirse la llama de la vela, emano, primero una llamarada de una tonalidad rojiza que prendía y apagaba, como una luz intermitente, luego surgió una humareda de una blancura intensa que se elevaba hasta el techo de guano, mientras el guardia contemplaba el humo esfumarse entre las rendijas del techo. Este hecho acrecentó más las premoniciones del guardia acerca de qué Guelo era un Galipote y que este se había transformado en la llama de la vela para escaparse. Él se reservó sus impresiones por temor a ser mofado por sus compañeros de armas por creer en "pendejadas". Al atardecer abandonó la custodia de la casa de Guelo, para integrarse a la patrulla que se encontraba en las inmediaciones del pueblo peinando la zona, para ver si daban con el paradero del fugitivo.

La noche sorprendió a Guelo bajo la espesura del inmenso y vasto valle de Azua, sin más techo que el infinito cielo estrellado, e iluminado solo con la luz que le brindaba el plenilunio. Su menuda anatomía agobiada por el cansancio, sentíase desfallecer, pues había pasado todo el día huyendo y escondiéndose de sus perseguidores, hasta que extenuado de cansancio se detuvo, su cuerpo le pedía reposo, había pasado todo el día sin comer ni beber y corriendo de la persecución de los guardias y debía encontrar un lugar seguro en donde pudiera pasar la noche. Él conocía muy bien todo el terreno por donde estaba escondiéndose, más bien aún conocía todos los recovecos de la región sur, desde las grandes planicies y llanuras, hasta las más encorvadas y recónditas lomas y montañas que la circundan, extendiéndose su dominio de conocimiento hasta la frontera del vecino, misterioso y desdichado Haití. De repente diviso a lo lejos, en medio de la oscuridad de la noche un enorme portón en cuyo centro poseía una cruz inmensa: "Es el cementerio- murmuró entre sí- no podrá haber otro lugar mejor que ese para pasar la noche". Se acercó sigilosamente al camposanto y sin hacer ruidos para no despertar a los que se encontraban durmiendo el sueño eterno, atravesó las alambradas que rodeaban el cementerio y una vez allí dentro, sus piernas empezaron a temblar de miedo. Sacó de uno de los bolsillos del pantalón un reloj y vio que en ese preciso momento el reloj marcaba las doce de la media noche, hora justa en la que se presenta el varón del cementerio a quien lo invocase. Guelo no podía permitir que el miedo se apoderase de él y le pidió a Dios que lo Protegiera, se armó de valor y exclamó "Aquí mandas tú oh gran varón del cementerio. Solo os estoy implorando que me permitas pernoctar aquí, oh gran señor permíteme pasar la noche aquí si no te perturba mi presencia". El gran Varón del cementerio no hizo acto de presencia, por lo que Guelo asumió que el Varón del cementerio aprobó su solicitud y le permitiría permanecer en el camposanto. Guelo estaba tan cansado que no reparó en qué lugar se acomodaría para dormir, tomo una manta y la tendió en el piso, entre dos fosas. Las tumbas se encontraban silenciosas, los muertos permanecieron inmóviles y el miedo de Guelo Sánchez se había esfumado. Guelo encendió su pipa, inició su fumarada y elevó sus plegarias al cielo. Luego de su parlatorio con Dios, quedó dormido entre dos sepulturas.

Durmió plácidamente toda la noche, desde ese momento hizo de los cementerios su dormidero habitual.

El rebuznar de los Asnos en los corrales del poblado le indicaban a Guelo Sánchez, que pronto amanecería y que tenía que despertar para esconderse en un lugar más propicio, ya que si bien es cierto, que el cementerio era un lugar seguro para pasar la noche, por lo solemne de su simbología en la espiritualidad y religiosidad dominicana, no lo era durante el día porque podía ser descubierto fácilmente por sus perseguidores. Su estrategia en lo adelante consistiría en esconderse en los montes durante el día y en las noches permanecer en las inmediaciones del pueblo para abastecerse de provisiones, obtener informaciones acerca de sus perseguidores y familiares. Los días transcurrían uno tras otro. Los meses se sucedían velozmente y Guelo permanecía ocultándose. Lo habían declarado enemigo del gobierno del tirano Ulises Heureaux, porque no quería ser parte de su ejército criminal, el solo quería vivir en paz y trabajar la tierra para sostenerse. La persecución era tenaz y constante, cada minuto la guardia lilisista arreciaba su persecución. Una patrulla tenía ubicada su posición, pues al Guelo no poseer ningún tipo de conocimiento, ni adiestramiento en el orden militar, había cometido algunos errores estratégicos, dejando señales de rastros que los expertos militares que le perseguían habían descubierto y lo tenían ubicado. Era cuestión de horas o días para que sus perseguidores lo apresaran.

Esa mañana Guelo se despertó temprano, después de pasar una agradable noche entre las acrisoladas tumbas del cementerio. El poblado de Las charcas todavía dormía. Los muertos que penando deambulaban toda la noche, por los caminos infinitos del misterio, como espectros retornaban a sus tumbas, para continuar con su descanso eterno. Antes de que la claridad del alba le sorprendiese en el camposanto, Guelo se había adentrado en la vastedad de los montes verdisecos azuanos. Encendió un fogón de piedras y coló un aromático café, con el que pretendía disipar el sueño. Ya el sol iluminaba los senderos y planicies con sus rayos dorados que se filtraban entre las ramas de las plantas de Cambrón. Guelo aprovechando las brasas encendidas del fogón puso a cocinar su desayuno. Este consistía de varios trozos de yuca y plátanos salcochados, con huevos criollos revueltos. El agua con los víveres empezaba a hervir iniciándose el proceso de cocción de los trozos de víveres.

Las iguanas se alejaban espantadas al escuchar el ruido que producían los caballos de los guardias, en su trote hacia el interior de los montes. Las cotorras y demás aves surcaban los cielos escandalizados. Solo Guelo, permanecía sustraído del alboroto a su alrededor, estaba meditabundo, dialogando con su yo interior en su paz taciturna e infinita. Cuando bruscamente fue sorprendido por la patrulla que le perseguía "Arriba las manos y no ponga resistencia", sentenció uno sus perseguidores. Guelo calmadamente procedió a seguir paso a paso las instrucciones que le indicaban sus captores, en ningún momento perdió la cordura, mostrándose siempre sereno y dispuesto a cooperar en todo lo que la patrulla le indicará. Los guardias lo requisaron por todas partes y no le encontraron arma alguna a pesar de que portaba encima una pistola y un puñal de acero en forma de cruz. Los víveres que Guelo estaba cocinando ya se habían cocido y se encontraban listos para ser consumidos. Guelo amablemente convido a los guardias a que desayunaran con él. Dijo "Está bien ya ustedes me tienen detenido; pero antes de que me lleven al cuartel vamos a comernos este desayuno que Dios nos ha dado. Dejarlo aquí tirado sería faltarle a los principios cristianos, pues un buen cristiano no debe nunca botar un plato de comida y con más razón, si existe otro hermano que lo necesita" vertiendo el desayuno en varias jícaras de coco, se las entregó a los guardias, quienes aceptaron su ofrecimiento y desayunaron con él. Tan pronto terminaron de desayunar Guelo exclamó "Ahora sí podemos ponernos en marcha, pues como dice el dicho a barriga llena corazón contento", acto seguido se puso el sombrero, extendió sus manos hacia atrás para que los guardias se la ataran. Estos le ataron las manos fuertemente, casi hasta el punto de paralizar la circulación de la sangre, que corría por sus venas. Lo ataron lo suficientemente fuerte para que no intentase escaparse nuevamente. Uno de los guardias se montó en su caballo mientras el otro ayudaba a Guelo a subirse a ñango {esto es en el espacio entre la silla de montar y la cola del caballo} de manera que Guelo iba montado detrás de uno de los guardias, mientras el otro guardia le seguía en el otro caballo vigilando atentamente para que no se le fugara otra vez.

El sol golpeaba fuertemente con su resplandor la vista, el calor era sofocante y hacía desprender del cuerpo de Guelo gotitas de sudor que recorrían su espinazo, deslizándose suavemente por toda su espalda. Habían recorrido ya un largo trecho del camino, que conducía a Guelo a la cárcel y ante las autoridades militares del régimen tiránico, que lo perseguía para fraguarse su destino, cuando de repente Guelo hizo un movimiento brusco, pero leve al mismo tiempo, de cuello para que el guardia que lo custodiaba no lo notara, este movimiento del cuello provocó que su sombrero, deliberadamente cayera al suelo. Guelo le solicito muy amablemente al guardia que hiciera el favor de detenerse para recoger su sombrero que se le había caído. El guardia accedió a su petición detuvo su caballo y ordenó a su compañero que le seguía, varios metros detrás de ellos, que se desmontara y le pasara el sombrero, al prisionero. Éste detuvo su caballo se desmontó y se dirigió a tomar el sombrero del suelo, quitándole la vista de encima a Guelo por varios segundos, caminó cuatro o cinco pasos hasta llegar donde estaba el sombrero, se agachó para levantarlo y cuando volvió la vista hacia donde Guelo, solo se hallaban su compañero y la soga con la que lo habían atado: "Donde está el prisionero" -pregunto el guardia- asombrado al mirar hacia atrás, su compañero y cerciorarse que Guelo no se encontraba detrás de él, inmediatamente se desmontó de su caballo y exclamó: "A donde se fue si yo no sentí ningún movimiento, ni escuche ruido alguno. Dejemos los caballos amarrados por aquí y salgamos a buscarlo", Así lo hicieron rápidamente empezaron a peinar la zona, buscaron entre los arbustos, rebuscaron toda el área y no lo encontraron. A pocos metros del lugar de la huida se divisaba reluciente y lozana una inmensa mata de plátanos que los guardias no habían notado por su afanosa búsqueda. "Mira Octavio una mata de plátanos" murmuró el raso Eleodoro, mientras caminaba y se acercaba hacia la planta. La planta poseía un verdor espeso, sus hojas erectas señalando hacia el cielo y dos pencas se erigían horizontalmente formando una cruz. Le colgaba un racimo de plátanos y este a su vez poseía un solo plátano maduro. Los guardias al notar la existencia de la misteriosa mata de plátanos, se miraron asombrados pues no podían explicarse qué estaba haciendo en ese lugar una mata de plátanos cuando el poblado más cercano estaba localizado a muchos kilómetros de distancia de ahí. Los guardias se acercaron cautelosos a la planta de banano con la intención de cortar el racimo de plátanos, cuando súbitamente y sin hacer un ápice de brisa las hojas de la mata de plátanos empezaron a moverse violentamente, como si una gran ráfaga de viento ciclónicos la estuviera azotando. Las hojas emitían un ruido ensordecedor, producido por la fricción del viento con las hojas. La mata de plátanos era la única planta que estaba siendo azotada por el viento. Los demás árboles alrededor permanecían inmóviles. Los guardias se miraron el uno al otro y huyeron despavoridos, se montaron en sus caballos y a todo galope se alejaron del lugar. Sofocados llegaron al poblado de Las Charcas a relatar temerosos la exégesis de lo que le había ocurrido. "Agarramos a Guelo Sánchez -decía el cabo Eleodoro, exaltado mientras ingería un sorbo de agua - y lo llevábamos prisionero. Lo teníamos bien amarrado. De repente su sombrero cayó al suelo y cuando mi compañero se desmontó de su caballo para recogerlo y pasárselo, Guelo se desapareció sin hacer ruido. Luego cuando salimos en su búsqueda se nos apareció una mata de plátanos, que tenía un racimo, este racimo tenía un sólo plátano maduro y los demás estaban verdes. Yo agarré mi machete y me estaba acercando para cortar el racimo, cuando la mata de plátanos empezó a moverse como si estuviera con vida. Yo estoy seguro que esa mata de plátanos era Guelo Sánchez que se había transformado en ella", "Sí -repitió el otro guardia- yo vi la mata cuando se hamaqueaba de un lado a otro, si señor Guelo se convirtió en esa mata de plátanos".

Los pobladores se miraban entre sí, el relato de aquellos dos hombres parecía increíble, cuando uno de los parroquianos muy amigo de Guelo de apellido Calderón exclamó "Pues a mí no me sorprende su historia acerca de Guelo Sánchez, pues el posee poderes sobrenaturales que están más allá de nuestro entendimiento y sabiduría. El posee el poder de desplazarse por el tiempo y el espacio, de transformarse y convertirse en lo que sea y Dios le ha dado el poder para curar sanar a los enfermos. Yo con estos ojos que algún día se los comerán los gusanos lo he visto curar personas desahuciadas, lo he visto realizar hazañas extremadamente sorprendentes. A Guelo Sánchez nada ni nadie podrá detenerlo, nadie absolutamente nadie en contra de su voluntad podrá hacerlo prisionero. Solo Dios y la voluntad del espíritu Santo y la divina providencia pueden detenerlo", por la habilidad que poseía Guelo Sánchez de escabullirse a sus perseguidores se fue creando alrededor de su persona una aureola de mistificación donde sus acciones superaban los linderos de la realidad y alcanzaban la categoría de lo increíble.

Eran los días de la primavera de 1899, en la región del Cibao "los conjurados de Moca" discutían los últimos detalles de su plan para ajusticiar al tirano Lilis. Mientras tanto el régimen de este se hundía en el descrédito. El afán de poder del general Heureaux lo había llevado a un extremo de irracionalidad excesiva. Los constantes levantamientos armados de caudillos regionales en su mayoría habían sido derrotados por las tropas al servicio de Lilis. Este había creado un grupo élite de militares altamente entrenados y leales a su régimen. Este batallón fue denominado "perros de presa", quienes llamaban al dictador "querido papá" este grupo contaba con aproximadamente ochocientos efectivos y fue creado especialmente por Lilis para enfrentar, perseguir y asesinar a todos los opositores a su régimen. A la persecución de esos "perros de presa" Guelo Sánchez se le había fugado de una manera sorprendente. Pese a los triunfos militares de Lilís, estos triunfos no se traduciría en victorias económicas, sino más bien todo lo contrario, con cada triunfo más se endeudaba, su régimen y se aislaba. Ya nadie quería prestarle y la deuda pública tanto interna como externa era insostenible. La caída del régimen se veía venir, los "conjurados de Moca" sólo adelantaron los acontecimientos. Ramón de Lara se trasladó desde Francia con órdenes expresa del caudillo Juan Isidro Jiménez para asesinar al tirano, hecho que se consumó el 26 de julio de 1899, en la ciudad de Moca, en esta gesta liberadora participaron el general Horacio Vásquez, Ramón de Lara, Jacobito de Lara y Ramón (Mon) Cáceres. Este acontecimiento sacó a Guelo Sánchez de la clandestinidad y permitió que se reintegrará a su faena de agricultor, porque el régimen que lo perseguía y lo requería para apresarlo y asesinarlo había desaparecido. Guelo abandonó las tumbas del cementerio en las que pasaba sus interminables noches como perseguido político del régimen despótico lilisista para retornar a la tranquilidad de su hogar, donde se dedicó a la crianza de ganado y al cultivo de diversos productos agrícolas, entre ellos el café.

El ganado de Guelo se distinguió por su gran belleza llegando a provocar la envidia de más de uno de los hacendados de la región. La envidia llegó a tal extremo que un portentoso hacendado emparentado consanguineamente con Guelo, llamado Vangelio Díaz le hizo "Mal de ojo" al ganado de Guelo. Sus vacas empezaron a morir una a una misteriosamente y sin estar padeciendo ninguna afección o enfermedad, simplemente porque Evangelio Días al ver el ganado de Guelo exclamó "Que ganado más hermoso", tan pronto Vangelio se marchó las vacas de Guelo empezaron a fallecer. Las vacas, primero iniciaban un recorrido alrededor de la cerca, luego comenzaban a dar brincos como un caballo salvaje, después caían al suelo hacían un breve pataleo, mientras empezaban a babear y por último morían. Guelo vio morir seis de sus vacas de esa manera repentina, hasta que se percató de que a su ganado le habían hecho "mal de ojo" se dirigió inmediatamente hacia el corral donde se encontraban muriendo sus vacas, ingresó al corral, murmuró varias oraciones y pudo romper el hechizo del "mal de ojo" que había provocado la envidia de Vangelio y sus vacas cesaron de fallecer. Guelo continúo orando y logró revertir el efecto del "mal de ojo" y las vacas de Vangelio empezaron a morir en mayor proporción en que lo hicieron las vacas de Guelo. Al darse cuenta Vangelio Días que el poder espiritual que Guelo poseía era bastante fuerte no tuvo más remedio que llamar a Guelo para pedirle perdón e implorarle que no le siguiera matando sus vacas "Por favor Guelo - le decía Vangelio - vamos a dejar esa vaina, ya sé que tú eres muy poderoso" a lo que Guelo respondió "pero Vangelio si fuiste tú quien inició todo esto". A lo que Vangelio respondió "está bien yo estoy arrepentido, te prometo que no volveré a meterme con lo tuyo pero por favor no me sigas matando mis vaquitas" Guelo le ripostó "toda tu envidia está revertida, lo que tú me deseas a mí se te duplicará a ti. De ti depende que las vacas sigan muriendo". Después de este encuentro las muertes misteriosas de las vacas cesaron de ocurrir y las vacas de Guelo siguieron creciendo en abundancia, produciendo grandes cantidades de leche.

Guelo, se casó con Margarita Díaz, una humilde mujer campesina. De estatura pequeña, pelo rizado y abundante, ojos redondos y juguetones. Se conocieron en un "convite" que convocará el padre de Margarita. Un convite es una especie de confraternidad entre los campesinos de una comunidad que se reúnen con un objetivo de cooperación mutua, para ayudarse a recoger la cosecha o bien para preparar la tierra para sembrarla. El convite era utilizado por los campesinos de escasos recursos económicos, que no podían pagar la jornada laboral de un grupo de labriegos para que hicieran el trabajo. El convocante del convite ponía la comida y la bebida y los asistentes a él ponían su fuerza de trabajo o mano de obra. Guelo al ver a Margarita quedó maravillado con su belleza. Mientras ella trabajaba duramente la tierra y tongoneaba su cuerpo al ritmo de las décimas y cánticos que se usan en los convite. Con una gracia sutil. Margarita empuñaba su machete y con las rimas de las décimas y coplas que se recitaban deslumbraba los deseos de Guelo, mientras plantaba las semillas que en su momento darían el fruto que habría de alimentarla.

Los hombres surcaban el suelo para engendrar la tierra y hacerla parir los frutos. Guelo observaba a Margarita que continuaba contorneando su menuda anatomía, mientras se dirigía a tomar un vaso de agua. El agua se encontraba contenida en un "bidón" que estaba encima de una mesa. Guelo aprovechó que Margarita estaba sola y con el pretexto de llenar de agua su "calabaza" se acercó a ella y le dijo al oído casi susurrándole "usted me dispensa señorita, pero es usted la poseedora de la sonrisa más hermosa de todas las mujeres de la región", ella lo miró con timidez y le respondió con voz temblorosa y fina, casi inaudible "gracias", esbozó una breve sonrisa y se alejó rápidamente de él. Guelo la observó alejarse apresuradamente. El "Palo Grande" de los atabales retumbaba en el pecho de Guelo como si los sonidos de ese tambor fuesen los latidos de su corazón. Los "alcahuetes" alimentaban sus deseos. Mientras Margarita le miraba de reojo y coquetamente le cortaba la mirada. Los "Decimeros" iniciaban otra ronda de décimas y ya el corazón de Guelo latía de pasión por el amor de Margarita. Tocaron algunas salves, bailaron "Mangulina" y el "Carabiné" bailes que estaban en boga. Margarita bailó una pieza del carabiné con su padre. Guelo quedó deslumbrado, no podía creer que Margarita ejecutara esa pieza de baile con tanta gracia y donaire. Guelo no pudo contener su emoción y felicitó emotivamente al padre de su amada "baila usted estupendamente Don Miguel" dijo Guelo "Querrá usted decir mi hija Margarita -le respondió secamente Don Miguel - o acaso usted cree que yo no me he dado cuenta de la manera en que usted la mira" Guelo quiso reaccionar negándose, pero esa no era su manera para enfrentar sus asuntos y decidió confrontarlo. "Tiene usted toda la razón Don Miguel, y desde este mismo instante le pido su anuencia para que me permita cortejar a su hija Margarita. No he conversado con ella aún, pero creo que yo también le agrado a ella". Don Miguel observándole fijamente le respondió" De mi parte no hay ninguna objeción, si ustedes se aman. Lo único que le voy a pedir es mucho respeto para mi hija y que la haga muy feliz" "no sé preocupes Don Miguel - replicó Guelo- conmigo su hija será la mujer más feliz de todo el planeta tierra" Don Miguel sonrió y tocándole en el hombro le dijo "lo sé Guelo, pues yo conozco a sus padres desde hace mucho tiempo y sé que usted es un hombre serio, trabajador y de grandes virtudes morales, sentimentales y espirituales".

Margarita observaba de reojo y con timidez la conversación entre su padre y el pretendiente, se preguntaba "De qué estarán conversando?". En ese mismo instante Guelo miró a Margarita disimuladamente y el nerviosismo de ella se hizo manifiesto al no poder ignorar la mirada que el hombre que ella estaba empezando a amar le había propinado. Giró bruscamente el cuello y siguió trabajando.

Entre cánticos, tambores, bailes, trabajo y sudor el sol comenzaba a ocultarse y la luna a ocupar su puesto. El "Convite" llegaba a su fin y en Guelo nacía la esperanza de conquistar la felicidad que le ofrecía la oportunidad de enamorar la mujer que su corazón estaba deseando. Guelo conquistó a Margarita, casándose casi de inmediato. Guelo se había establecido como un pequeño productor de café y pequeño ganadero llegando a acumular decenas de cabezas de ganados vacunos y caprinos según de fecunda eran sus tierras, así mismo de fecunda era su esposa Margarita y uno tras otro empezaron a brotar sus hijos. Tuvieron ocho hijos, cuatro hembras y cuatro varones. Guelo fue invitado a una fiesta que se realizaría en una comunidad aledaña a donde él vivía. Se encontraba trabajando junto con unos amigos que también estaban invitados a la fiesta. El trabajo que estaban realizando, les había tomado más tiempo del que Guelo y sus amigos esperaban. Era difícil de terminar el trabajo y poder llegar a la fiesta temprano. Guelo vislumbrando que no podía ser posible, que terminando el trabajo no iban a llegar a la fiesta, le propuso a sus amigos, que para que todos no se perdieran la fiesta, que ellos se fueran primeros que él se quedaría a concluir el trabajo. Los amigos aceptaron inmediatamente su propuesta y se apresuraron para irse para la fiesta. Los amigos se fueron y Guelo se quedó a terminar el trabajo. Los amigos llegaron al pueblo dejando a Guelo atrás. Los amigos se alistaron y llegaron a la fiesta, con la pena de haber dejado a Guelo trabajando. Cuando los amigos llegaron a la fiesta, cuán grande fue su sorpresa, encontraron a Guelo en la fiesta. No se explicaban cómo eso pudo ser posible, que Guelo se había quedado a terminar el trabajo y haber llegado primero que ellos a la fiesta. En un área que no podía tomar un atajo para acortar el trayecto del viaje de regreso. Tu debe ser un zángano, le decían los amigos.

Mientras tanto Guelo disfrutaba de su felicidad junto a su familia, en las sombras de los corrillos del poder, se fraguaba otra trama más por el control de los recursos del estado y el poder político de la nación. El caótico estado dominicano, se preparaba para recibir otro de los tantos magnicidios de su historia. El general Ramón Cáceres, mejor conocido como Mon Cáceres quien había participado en el ajusticiamiento de Lilís, había obtenido el cargo de presidente de la república en uno de esos arrebatos "conchoprimescos" de la historia Dominicana. Mon Cáceres encabezó un gobierno que seguía las directrices intervencionistas del gobierno Norteamericano. Como todo "gran" político dominicano modificó la Constitución de la República, eliminando el cargo de vicepresidente, bajo el alegato de que ese puesto generaba ambiciones desmedidas de poder por parte de quién lo ocupaba. Extendió el periodo presidencial por seis años y estableció el sistema bicameral, creando la cámara de diputados y la cámara del Senado. Modernizó el ejército equipándolo con nuevos armamentos y pertrechos militares haciendo de ese ejército una maquinaria represora y de control, coerción y opresión, a su servicio personal, al extremo de que aún en nuestros días cuando una persona es detenida se dice "Está preso por la guardia de Mon" en alusión a dicha guardia como un sinónimo de que está mal preso o de que su vida puede estar en riesgo. Pese a que Mon Cáceres contaba con todo el respaldo del gobierno de los Estados Unidos eso no impidió que sus adversarios planificaran un complot para asesinarlo. Hecho que ocurrió el 19 de noviembre de 1911 mientras se encontraba en una caminata vespertina, entre los que ejecutaron a Mon Cáceres se encontraban el general Luis Tejeda quien fue apresado y tras un breve interrogatorio fue fusilado y luego descuartizado y sus restos arrojados a una jauría de perros. Otro de los ejecutores de Mon Cáceres fue Luis Felipe Vidal el cual estaba siendo perseguido por la guardia de Mon y bajo ningún pretexto se entregaría pues no estaba dispuesto a correr la misma suerte que el general Tejeda, en su afanosa carrera por su vida fue a refugiarse a la provincia de Azua. La persecución era tenaz, Luis Felipe Vidal tenía pocas posibilidades de escapar de sus perseguidores. Luis Felipe llegó a la casa de Ovidio Calderón quien era amigo de Guelo, ocultándose de sus perseguidores ya no tenía más lugares en donde esconderse. "Debo salir del país" le decía Luis Felipe preocupado a su amigo Calderón mientras encendía su túbano y aspiraba una bocanada profunda de humo, "pero no puedo hacerlo sólo" le decía a su amigo mientras expulsaba el humo de su túbano por la boca. "Necesito ayuda" Calderón se quedó pensativo un instante y luego respondió "El único que puede ayudarte a salir del país con vida es Guelo Sánchez si él te quiere ayudar no hay otra persona que te pueda salvar." Luis Felipe le preguntó a Calderón "y ese Guelo Sánchez es de confianza" "sí -le respondió Calderón - es de mi absoluta confianza, hablaré con él" Calderón constató a Guelo y le explicó la situación de Luís Felipe y esté accedió a ayudarlo. "Dile que lo ayudaré - respondió Guelo- pero con una condición, que no tiene que pagarme nada por eso -pues Luís Felipe le dijo a Calderón que le ofreciera dinero a Guelo - y que obedezca y haga todo lo que yo le diga" y por último sentenció Guelo "que todo lo que vea o escuche se quede entre él y yo". Guelo acudió de inmediato a la ayuda de Luis Felipe la guardia de Mon lo perseguía afanosamente. Guelo había llegado al lugar en que se encontraba escondido Luís Felipe, tan pronto salieron del escondite fueron detectados por la guardia de Mon. Guelo rezó una oración al altísimo y él y Luis Felipe se volvieron invisibles ante los ojos de los guardias. Guelo le dijo a Luis Felipe "vamos a movernos deprisa pues esté conjuro dura muy poco tiempo" y apresuraron el paso, y justo mientras pasaban por el medio de los guardias Luis Felipe tuvo una caída y el hechizo de la invisibilidad se extinguió. Guelo y su protegido quedaron a la merced de sus perseguidores, un soldado vociferó "mírenlo donde vas que no escape" y corrieron los demás soldados a abalanzarse sobre ellos. Inmediatamente Guelo murmuró otra plegaria y cuando estaban a punto de arrestarlos se levantó una polvareda que los cubrió por completo. Esta polvareda se tornó en un remolino que se desplazaba en el mismo sentido de las manecillas del reloj. Guelo y Luis Felipe se mantuvieron en el ojo del remolino y este se movía en la misma dirección en la que Guelo y Luís Felipe se desplazaban. La polvareda arropaba por completo a Guelo y su acompañante, los soldados también se vieron cubiertos por el polvo quienes a su vez no podían ver más allá de sus narices en medio del torbellino. Pasaron varios minutos, Guelo en medio de la confusión salió de la polvareda, logrando que los soldados se mantuvieran dentro de ella. Así cuando la polvareda se deshizo Guelo y su acompañante se habían internado en la espesura de los montes. Una vez a salvo Guelo se sentó en el tronco de un árbol, sacó su pipa y mientras la encendía exclamó "socio nos salvamos de esta" a lo que Luis Felipe esbozando una sonrisa respondió "carajo muy bien lo dijo Calderón, que el único que podía sacarme de aquí con vida era usted, le estaré eternamente agradecido. Cuando todo esto pase y usted escuche que yo estoy en una posición política de importancia no dudes en buscarme". Guelo escuchaba atentamente la perorata de su protegido, cuando esté hizo una pausa Guelo le respondió "mire Don Luis Felipe yo sólo deseo que si usted algún día llega a ser presidente de nuestro país, haga un gobierno para los pobres" Guelo terminó de fumar su pipa y le dijo a Luis Felipe "Debemos proseguir nuestro camino pues tenemos mucho trecho por recorrer" se internaron en lo profundo de las lomas y montañas del Sur, hasta que después de caminar varios días se aproximaron a la línea divisoria. Haití esperaba a Luis Felipe ahí estaba su camino a la libertad y Guelo concluía su misión de sacarlo del país sano y salvo.

Años después Luis Felipe Vidal retornó al país y logró alcanzar la vicepresidencia de la República en el gobierno del presidente Horacio Vásquez. Guelo Sánchez nunca lo buscó, ni volvió a verlo y a saber de él jamás. Meses después de instalarse Luís Felipe como vicepresidente se inició la construcción de un canal de riego en la comunidad donde vivía Guelo, obra que significó de mucha importancia para el desarrollo agrícola de Las Charcas de Azua. Después de haber vivido por ciento quince años, la muerte le llegó rápida y sin lecho. En su agonía solicitó ver a una de sus nietas preferidas la cual no pudo acudir a su llamado antes de su deceso llevándose Guelo todos sus secretos, misterios y conocimientos de lo sobrenatural ante el creador, sin poder transmitirlo a su descendencia.

SE LE SALVÓ DE
CHEPITA A CHAPITA

Julianita era una niña linda, extremadamente linda. Tan linda que su abuelo, un hombre de gran sapienza al verla por primera vez exclamó:

"Es más bella que las rosas, que el mar y el cielo juntos, parece una muñequita de porcelana, es una muñeca" y desde ese mismo instante fue renombrada con el mote de "muñeca", apodo que la acompañaría por el resto de su existencia. Había nacido en Las charcas, una comunidad perteneciente a la provincia de Azua. En una familia de escasos recursos económicos, era la número cinco de once hermanas y un hermano. Esa situación de pobreza la llevó a emigrar desde su pueblo natal cuando tenía ocho años hacia la hidalga ciudad de San Cristóbal cuna del "benefactor" de la patria, hacia la casa de una tía materna que vivía allí y se encontraba en mejores condiciones económicas que su familia. En la casa de su tía julianita tuvo que aprender a realizar los quehaceres del hogar, al tiempo en que iba creciendo en belleza y convirtiéndose en una adolescente hermosa y lozana.

Había una dictadura sanguinaria en el país, de esas que mantienen en la sombra la conciencia de los habitantes para cometer las más horrendas abominaciones humanas, en contra de los ciudadanos.

El tirano gobernaba la nación como su propia empresa o su propio feudo, disponía de las vidas de las personas y las propiedades de estas a su antojo. Si le gustaba una finca, un caballo, una vaca, un cerdo, una mujer o lo que fuera. Buscaba la manera de apropiarse u obtenerla sin ningún reparo, ni escrúpulo. Intimidando, sobornando asesinando, como sea lo obtenía. El dictador tenía un voraz apetito sexual, el cual satisfacía haciendo uso de su poder político, empobreciendo y creándole necesidades y miserias a su pueblo para dominarlo y mantenerlos ignorantes, para poder someterlos y hacerlo presa fácil de sus deseos y aberraciones criminales y sus perversiones sexuales.

Julianita ayudaba a su tía en las faenas del hogar, iba de compras al mercado, hacia innumerables tareas de la casa, lavaba, planchaba, cocinaba. Era una especie de Cenicienta de la vida real, con la excepción de que no buscaba un príncipe azul, sino ganarse algo de dinero para poder ayudar a sus padres con el sostenimiento de la familia.

El tirano tenía su séquito de adulones, proxenetas y maipiolos maliciosos que lo mantenían informado desde el chisme más banal y absurdo acerca de sus súbditos, hasta las más interesantes y novedosas informaciones en todos los ámbitos del quehacer humano. Sus séquitos incluían connotados cortesanos políticos, lumbreras del mundo académico e intelectual. Todos sucumbían ante la imponente personalidad distorsionada, enfermiza y aberrante del tirano.

Mientras Julianita iba a la iglesia a conversar con papá Dios, el dictador pululaba por las calles persiguiendo la próxima víctima que satisfaga los bajos instintos de su lujuriosa existencia. Ingenua y ajena a toda maldad sale de la iglesia luego de pedirle a Dios que la protegiera de lo malo y de los que profesan la maldad. Julianita sale de la parroquia vestida con su indumentaria dominguera que la hacía lucir esplendorosamente hermosa, como una virgen traída del mismísimo cielo. El tirano quedó boquiabierto al contemplarla salir de la iglesia. Con su voz socarrona y aguda murmuró "Dios mío se están escapando los Ángeles del cielo, acaba de salir uno de la iglesia. Síguela" ordenó a su lacayo. La persiguieron durante varias cuadras. Mientras el dictador la desvestía en su mente malsana y enfermiza. Julianita caminaba ingenuamente sin imaginarse el peligro que la estaba acechando. La mente macabra y perversa del tirano No reparaba en la edad sólo quería desahogar sus asquerosos instintos. Aunque el tirano estaba casado con una dama elegante y prestigiosa de la sociedad no le bastaba, quería más y más, mientras más tiernas eran, mayor era su libido. Mientras más joven sus víctimas más fuerte era su lujuria y fascinación. Sentía un éxtasis enorme al escuchar el grito de dolor que emitían las jovencitas al ser penetradas por vez primera y romperles el himen a las mozuelas. Le comentaba a su chofer. "Alguna vez has desvirgado a una señorita" "No señor" le responde despistado el chofer. "Pues tu puedes escucharlo en tu cabeza cuando se desprende el himen, sientes una sensación inmensa cuando eso ocurre" le decía mientras esbozaba una sonrisa siniestra. "Luego brota la sangre-decía mientras miraba los ojos del chofer a través del espejo retrovisor y mantenía la risa siniestra - entonces bajo hacia sus partes y me chupo su sangre, que brota, eso me rejuvenece jajajajajajaja" y estalló en una risotada malévola y perversa.

Julianita caminaba sin percatarse que la perseguían. El vehículo se le acercó lo suficiente, el tirano ordenó al chofer que la llamará para inspeccionarla de cerca y este obedeció en seguida. "Hey muchachita ven acá" sentenció el chofer en un tono entre tierno y adusto. "Cómo tú te llama "le pregunto el chofer, ahora en un tono más amigable. "Julianita" le respondió la niña, que aún no cumplía sus trece años.

Para la libertad nunca hay descanso. Cuando la oscuridad está más negra cualquier chispa lo ilumina todo. "Cayo Confite y Luperón" se estaba gestando, mientras tanto el tirano buscaba sus presas. La expedición venía en camino los jóvenes expedicionarios ansiosos por derrocar la tiranía que llevaba diecinueve años desangrando el país preparaban sus fusiles para que las balas dieran en sus objetivos a la hora de enfrentarse con el tirano y su ejército. El chofer del tirano conversaba con Julianita. Mientras el dictador permanecía en silencio observándola. Ya la había visto lo suficientemente bien y la había elegido para llevarla a su casa de caoba en San Cristóbal, donde realizaba la mayoría de sus rituales sexuales. "Dónde tú vives" le pregunto el chofer en un tono casi angelical "En la otra calle" respondió la niña con curiosidad de mirar dentro del vehículo y de ver a la persona que venía montada en el asiento trasero. Pues el asiento tenía los vidrios ahumados "Y cuantos años tú tienes" inquirió el chofer, mientras volteaba la cabeza para mirar al dictador. "Trece" respondió Julianita. El dictador esbozó una sonrisa de satisfacción. "Justo como me gustan" le comentó a su chofer. Mientras los expedicionarios habían salido desde el islote de Cayó Confites en Cuba, con muchos contratiempos lograron armar esa expedición. Julianita continuó caminando hacia su casa. Su tía se encontraba preocupada esperándola afuera pues Julianita se estaba demorando mucho en llegar a la casa. De repente llega otro vehículo y se detiene detrás del vehículo del tirano. Un hombre trajeado se desmonta apresuradamente. Saca un papel de su bolsillo y se lo entrega al tirano. Era un telegrama dirigido al déspota. Decía "SU EXCELENCIA, GENERALÍSIMO, DOCTOR, BENEFACTOR Y PADRE DE LA PATRIA NUEVA. LES INFORMAMOS QUE UNA EXPEDICIÓN ARMADA SE APROXIMA AL PAÍS CON LA FINALIDAD DE DERROCAR SU EXTRAORDINARIO GOBIERNO SE ESPERA QUE PENETREN POR LUPERON. ESPERAMOS ORDENES"

"Carajo esos pendejos se atrevieron a venir-dijo enojado el dictador- pues vamos a dejar ese angelito para después y le daremos su merecido a esos canallas comunistas". Ya la niña estaba próxima a llegar a su casa. El carro del tirano aceleró la marcha. Julianita al ver a su tía que la esperaba afuera de la casa corrió hacia los brazos de ella. Cuando la alcanzó le dijo ingenuamente "Tía usted ve ese carro que va ahí me viene persiguiendo desde que yo salí de la iglesia" "verdad -inquirió la tía - y te dijo algo" "si, el chofer me llamó y me preguntó mi nombre y me preguntó qué dónde yo vivía" respondió la niña con ingenuidad "Y tú sabe quién era la persona que iba en ese carro mi hijita" le preguntó algo preocupada la tía. "No tía quién era" pregunto con curiosidad la niña. "Dios te protegió mi hija - dijo la tía mirando hacia el cielo -tú te le acaba de escapar de los brazos a Trujillo". Le dijo su tía, mientras se persignaba y le daba las gracias a Dios, por no permitir que el tirano la tocara.

LA BRUJA CHUPA NIÑOS

Era más de la media noche y Jesús María Sánchez retornaba fatigado y hambriento a su hogar, luego de pasar varias horas regando la siembra de su conuco y por cuarta ocasión había encontrado el plato de su cena vacío. La primera noche pensó que había sido algún gato montés que había penetrado a la casa y se la había comido, la segunda vez pensó que fue uno de los hijos, la tercera vez preguntó a los hijos y todos negaron haber sido ellos, llenándolo esas respuestas de duda. "Me estará engañando mi mujer con otro hombre y dándole mi cena a ese pendejo" se preguntaba pues no encontraba una respuesta lógica a esa situación. Jesús María conocía sobre la famosa historia de Fermín, un labriego muy laborioso, el cual estaba siendo engañado por su mujer, tan pronto Fermín salía a trabajar a su conuco, su mujer lo traicionaba con el amante, Fermín tenía su sospecha y en una ocasión, mientras estaba descansando con algunos amigos sentado en su conuco, les dijo a estos "espérenme aquí que se me ha ocurrido una idea". La idea que se le ocurrió a Fermín fue, la de aparecerse en su casa sorpresivamente, sin que su esposa lo estuviera esperando, cuando Fermín llegó a su casa sorprendió a su mujer infraganti, sosteniendo relaciones sexuales con su amante, los hermanos de Fermín inmediatamente comenzaron a tocarle el "fututo", que era una especie de caparazón de Caracol, el cual lo soplaban por un extremo y emitía un sonido muy agudo y cuando lo tocaban en un lugar esto significaba dos cosas que habían descubierto a una mujer siéndole infiel a su marido, o que en la carnicería del pueblo habían matado algún animal y había carne fresca, Fermín era la burla y el hazmerreír de todo el pueblo y luego de eso cuando alguien decía "tengo una idea" todos decían "la idea de Fermín" como de chanza o jarana y a Jesús María le aterraba pasar por una situación similar a la de su amigo Fermín, no lo soportaría Jesús María, despertó a su mujer que se encontraba dormida para que ésta le diera razón de porque su cena estaba desapareciendo y porque estaba su plato en esas condiciones. "María Regla -le reclamaba Jesús- dónde está mi cena? Esta es la cuarta vez que regresó de trabajar y encuentro mi plato vacío será alguno de los muchachos que se está comiendo mi cena", le preguntó Jesús para romper el hielo, guardándose su espinita del "engaño" que atormentaba su corazón, "No Jesús -respondió María Regla- yo me acuesto después que ellos se acuestan y la cena está en tu plato, cuando yo me acuesto. Estoy plenamente segura que no es ninguno de los muchachos que se está comiendo tu cena". "Bueno pues quien será que se la come, el hecho es que me están dejando el plato sucio y vacío todos estos días" Jesús hambriento y pensativo, rebuscó entre las arganas que había traído de su conuco con algunas viandas y frutas, media docena de Mangos, los lavó en una cacerola, luego los secó con un paño, sacó su machete de su cinto y lo desenvaino, empezó a cortar los mangos en rebanadas y luego procedió a comerlos, mientras degustaba esos deliciosos mangos Jesús pensaba en una estrategia para descubrir a la persona que le estaba comiendo su cena. Los mangos calmaron el hambre de Jesús y la fatiga se apoderó de su cuerpo. Llamó a su esposa, la abrazo y la besó y le dijo "ven mujer vamos a acostarnos antes de que haga la digestión de esos manguitos y entonces tenga que ponerte a encender la leña para cocinar en el fogón. Mañana averiguaremos esa pendejada" refiriéndose a la desaparición de su cena. Pasó toda la noche pensando en un plan para descubrir al intruso que lo estaba dejando sin cena y posiblemente sin mujer. Se despertó como siempre iniciando el día con una taza de aromático café que le había preparado su esposa, quién se despertaba antes que saliera el alba, para ordeñar las cabras y obtener varios litros de leche de cabra, antes de soltaría para que estas salieran a pastar con sus crías por esas sábanas desérticas, de aquel pueblito sureño. Luego le preparaba una lata de avena con la leche de cabra la cual le daba un sabor bastante delicioso, con las especias (clavo dulce y canela) con una tirita de cáscara de limón y lo acompañaba con un pan untado con mantequilla. Luego, aparejaba su burro y salía para el conuco a trabajar.

Toda esa mañana la pasó pensativo buscando una explicación a lo que estaba ocurriendo con su cena. "Será que María tiene otro y me está engañando y dándole mi cena" -se decía así mismo mientras surcaba la tierra con un haza y depositaba las semillas de maíz en el surco. Pensando le llegó el medio día hora de hacer una pausa en su faena para retornar a su casa para almorzar y luego echar una pequeña siesta para luego retornar con más brío su jornada laboral. Mientras se aproximaba, los niños jugaban en el patio, cuando lo vieron acercarse todos corrieron hacia él para abrazarlos. Él se desmonto del asno y se arrodillo con los brazos abiertos de par en par y los niños se abalanzaron sobre él. Los más mayores tomaron el burro y lo montaron lo llevaron para la regola, para ponerlo a tomar agua.

Mientras Jesús entró a la casa, tomó un buen baño para disipar el calor. Se comió la comida que su esposa le había preparado y tomó su siesta. Se despertó con nuevos bríos, tomó su machete y aparejó su burro. Llamó a su mujer y se despidió de ella, le dijo. "Esta noche llegaré tarde, pues el cabo de agua me dijo que me tocaba regar el conuco otra vez, así que no me esperes despierta" La tomó por la cintura y le dio un apasionado beso. Salió rumbo al conuco. Ya había trazado su plan para descubrir a la persona que lo estaba dejando sin cenar. Jesús salió como si se dirigiera para el conuco, cuando no estaba a la vista de los presentes cambió su rumbo y se dirigió de nuevo hacia su casa, por otra vía de acceso, llegó a la casa sin ser visto y se escondió dentro de un armario.

Aprovechó que María estaba preparando la cena y los niños estaban con ella alrededor del fogón, donde se reunía la familia todas las noches a conversar y a contar historias mientras se preparaba la cena. Las historias que se contaban en la cocina frente al fogón iban desde un simple chiste sobre algo que le ocurrió a alguno de los muchachos, hasta los más tenebrosos cuentos de terror. "Quiero Saber cómo se consigue un baca -preguntaba uno los muchachos a María Regla- porque los que tienen uno tienen mucho dinero y cuando yo sea grande quiero tener mucho dinero" decía ingenuamente la niña, "mira muchacha cállate la boca que tú no sabe lo que dice- le reprocho María Regla, mientras hacia la señal de la cruz y se persignaba- tú no sabes que esas son cosas del pájaro malo-, refiriéndose a Satanás- eso se consigue con un contrato que se hace con él y a cambio tú le ofreces tu alma y la de tu familia. Yo escuché una vez a una persona que dicen que tenía un Baca, decir como él lo consiguió. Después de hacer el pacto con él demonio, debes de tomar un huevo y empollarlo con tu cuerpo, luego saldrá del huevo empollado el animal que hayas escogido para que sea tú baca, por ejemplo si escoge un chivo, cuando el huevo esté para sacar, saca un chivo o el animal de tu predilección". Mientras Jesús María escuchaba todas las historias desde adentro del armario donde se había escondido. María Regla continuaba conversando sobre los baca. "Miren en una ocasión yo pasé junto con mi hermana Mercedes cuando éramos chicas cerca de la finca de Onésimo un señor que tenía mucho dinero y muchas tierras, también tenía muchos empleados y todos los años se moría alguien cercano a él. Un hijo, un trabajador o cualquier familiar y en el pueblo decían que él tenía un baca. Esa noche estaba bien oscuro, la luna estaba oculta, cuando mi hermana y yo nos acercamos a la cerca de su finca se nos apareció repentinamente un chivo enorme- los niños la escuchaban embelesados y temerosos, mientras María Regla les contaba su experiencia-el chivo nos miró y cuando nosotras lo vimos a él, él tenía los ojos encendidos, como si lo estuviera prendido en candela", "y ustedes qué hicieron" preguntó uno de los niños asombrado "mi hermana y yo salimos corriendo y llegamos sin parar hasta nuestra casa, el susto fue tan grande que mi hermana y yo jamás volvimos a acercarnos por ahí de noche y cuando pasábamos por el día cruzábamos corriendo por ahí". Jesús María permanecía oculto dentro del armario. Los niños cenaron y María Regla los mandó a acostarse y ellos se fueron a acostar y María Regla se quedó sola en la cocina fregando los trastes sucios, cuando terminó de fregar, se quedó terminando de tejer un cerón que le había encargado el dueño del almacén de provisiones del poblado, luego se fue a acostar. Jesús María aprovechó que María Regla apagó la luz de la veladora para salir del armario en el que estaba escondido y se dirigió hacia la antesala sin ser visto. María Regla había dejado otra veladora encendida en la sala para que cuando Jesús María retornara a la casa no se fuera a tropezar con algún objeto y se cayera y sufriera alguna lesión. Jesús María se mantuvo en la sala en silencio por varias horas y no ocurría nada. Su esposa tenía un buen rato que estaba durmiendo y su cena permanecía en el mismo lugar donde su mujer la había dejado. Ya Jesús María estaba cansado de esperar a su rival y el sueño casi lo vencía. Se decía a sí mismo "Dios mío Perdóname por desconfiar de mí mujer, ella es una mujer integra, pero ese asunto de quedarme sin cenar me puso a dudar de ella. Mañana desde que me levante le pediré disculpas", cuando se disponía a comerse su cena escuchó un ruido fuerte en el techo de la casa. Se mantuvo en silencio. Escuchó pasos en el techo de zinc. Bajó la luz de la veladora, para que quién estaba en el techo no notará que había alguien despierto y se escondió detrás de los muebles. Tomó su puñal de acero y espero a que la persona que estaba en el techo ingresara a la vivienda. La persona logró levantar el zinc y hacer un hueco por donde penetró. Jesús María observaba detrás del mueble todos los movimientos de la persona. Está tan pronto ingreso a la casa se dirigió hacia la cena de Jesús María y la destapó Jesús María en ese mismo instante subió la luz de la veladora y con el puñal en mano, sorprendió a la persona que lo estaba dejando sin cenar, "anja, con que tú eras que me estaba dejando sin cenar", exclamó Jesús María sorprendido "Ah si tú eres la bruja que le ha estado chupando la sangre a todos los niños recién nacidos y del pueblo" le inquirió a la bruja la cual estaba totalmente transformada y él no podía reconocerla. Llamó a su mujer para que le trajera un frasco que él tenía con "agua bendita", Jesús María hizo una oración y le roció el "agua bendita" sobre el cuerpo de la bruja, mientras esta se revolcaba y gritaba de dolor porque el agua bendita le estaba quemando la piel. Tomó un cinturón y le propinó a la bruja tremenda paliza, luego tomó un puño de sal molida y se la arrojó en la cara a la bruja, luego hizo un círculo de sal y ajo alrededor de ella, para que no pudiera escapar. Tomó una soga y amarró la bruja de la pata de una mesa, luego llamó a su mujer y le dijo "ven María vámonos a acostar que mañana sabremos la identidad de esta bruja". Se despertó al día siguiente y la bruja permaneció atada de la pata de la mesa y estaba acostada en el piso boca abajo. Jesús se sorprendió al descubrir quién era la bruja, era la mujer de una de las personas más adineradas del pueblo. "Usted Doña Margarita", dijo Jesús María asombrado. La bruja empezó a implorar a Jesús María, que por favor no la pusiera en evidencia ante su marido quién era ella. "Te daré todo el dinero que quieras pero por favor no me delate", le suplicaba la bruja a Jesús María, mientras le mostraba varias manillas de dinero, "pídeme lo que tú quieras, te daré riquezas pero no le diga a mi marido que soy una bruja", "Lo siento guárdese su dinero le replicó Jesús María a la bruja en un tono enfático", "usted le ha chupado la sangre a muchos niños del pueblo, hasta provocarle la muerte y yo sería su cómplice si no le divulgó a la comunidad que usted es una bruja". La desamarro de la pata de la mesa y tirándole del antebrazo la arrastró hacia afuera de la casa paseándola por las calles principales del pueblo, ante las miradas sorprendidas de los moradores hasta llegar a la casa donde vivía la bruja, una vez allí tocó en la puerta y cuando el esposo dela bruja le abrió, Jesús María empujó violentamente a la bruja, la cual cayó de bruces, ante los pies de su marido, al momento en que le dijo: "Ahí tiene a su esposa, sabías que ella es la bruja que se está chupando todos los niños del pueblo". Todas las personas del lugar se enteraron de quién era la bruja que les estaba chupando la sangre a los niños del pueblo. El marido abandonó a la bruja, por la vergüenza que esto le provocó y abandonó el pueblo, trasladándose hacia la ciudad, donde nadie lo reconociera, llevándose a la bruja consigo. Jesús María despejó sus dudas sobre la infidelidad de su mujer y vivieron felices por muchos años. Jesús María falleció en el año de 1976. El día de su velorio, cruzó volando por encima de su casa y ante la mirada de todos los presentes la bruja, riéndose a carcajadas. "Jajajajaja", mientras los asistentes comentaban "Mírenla donde va esa bruja desgraciada" y tan pronto enterraron a Jesús María volvieron a aparecer los niños recién nacidos y sin bautizar con claras señales que indicaban que estaban siendo chupados por una bruja.

FELICITO EL POLICÍA DE NAGUA EN TIEMPO DE DICTADURAS

Felicito Rosa llegó desde Nagua, hacia San Cristóbal, con la finalidad de enrolarse en el cuerpo de policías. Salió de su pueblo, en la cama de un camión llamado "Danielito", que viajaba desde Nagua a la capital, cargando productos agrícolas, huyéndole desesperadamente, al fatigante y mal pagado trabajo agrícola, de la finca propiedad de su padre. Fue un viaje agotador, pero su gran ilusión de ser policía, hizo que no lo sintiera muy largo, ni pesado. Estaba parado en formación, cuando se detuvo frente a él, el mismísimo Generalísimo Trujillo y le preguntó "Usted jovencito cuantos años tiene" "Quince años señor" respondió Felicito con voz temblorosa, mientras se paraba en posición de atención. "Quince" replicó el Generalísimo y tomándole por el hombro lo sacó de la formación y le dijo: "No, tú estás muy joven para esto" y llamando al oficial a cargo del reclutamiento le dijo: "tómale las informaciones a éste jovencito y cuando cumpla los dieciocho años me lo recluta", "si señor" respondió el oficial, procediendo a anotar las informaciones del mozalbete, para poder cumplir las instrucciones del "jefe". Felicito retornó a su pueblo natal cabizbajo, pues no pudo lograr su cometido de enrolarse en la academia de Policía y debía retornar a las faenas agrícolas en la finca de su padre. Ya, Felicito había cursado el octavo grado de la educación intermedia y para poder seguir estudiando, necesitaba trasladarse a la cabecera de la provincia, para continuar sus estudios superiores. Está situación venía a complicarle sus deseos de superación y de adquirir un grado académico pues, para continuar con los estudios tendría que transportarse en un vehículo de motor y su familia no poseía los recursos económicos necesarios para garantizar esa transportación, Felicito concebía la ilusión de ser periodista, le gustaba escribir y soñó alguna vez con ser periodista y poder publicar sus artículos en algún periódico de circulación nacional, pero ese sueño cada vez se alejaba para Felicito, en la medida en que la dictadura, iba sumiendo a la población en la ignorancia por la falta de escuelas. En el distrito escolar, al que pertenecía su pueblo se presentó una vacante cómo profesor, para la educación primaria en una escuela rural, en una comunidad en plena cordillera septentrional, perteneciente a la sección de Caya Clara, denominada "La pieza" y Felicito, se registró para optar por la posición magisterial en dicho distrito y salió favorecido con dicha plaza, no tuvo muchos obstáculos para obtenerla, en primer lugar, porque el acceso a dicho lugar era bastante difícil y los profesores con mayor edad y experiencia, no estaban dispuestos a realizar la dura travesía para llegar al lugar, sobre todo cuando las condiciones climáticas no eran favorables, por ejemplo cuando llovía, se formaban unos lodazales en el camino, que se hacía casi imposible poder llegar a ese lugar, así Felicito aprovechó esta oportunidad y a los 16 años se inició en el magisterio, abandonando así el duro trabajo de agricultor. Ya Felicito se estaba acostumbrando a su nuevo oficio de profesor, habían pasado tres años desde que había intentado alistarse como Policía, cuando a los pocos días de haber cumplido los 18 años le llegó una notificación de la jefatura policial, informándole que por disposición de la presidencia, él estaba admitido en la institución y tenía que reportarse a la Academia policial de Hatillo, San Cristóbal a recibir entrenamiento policial, cumpliéndose así las instrucciones que el "jefe" le dio al oficial encargado de reclutamiento tres años atrás. Felicito recogió algunas de sus pertenencias, incluyendo un libro de mecanografía de un curso que había realizado y se marchó a cumplir su objetivo de ser policía, aunque ya se había acostumbrado a ejercer su rol de maestro, tenía que cumplir las disposiciones del "jefe", pues nadie podía contradecirlas.

Llegó a su cita temprano con el oficial encargado de reclutamiento, quien lo recibió muy amablemente, le mostró su habitación, lo envío a recortarse el pelo y afeitarse a la barbería y le ordenó que cuando estuviera listo se presentara a su oficina. "Respetuosamente señor, estoy a sus órdenes" dijo Felicito al presentarse en la oficina del oficial luego de haber realizado todas las encomiendas que el oficial le había asignado, haciendo un saludo militar. El oficial le respondió el saludo y le dijo "procure al teniente Restituyo el será su instructor" le dijo el oficial mirándolo de pies a cabeza al nuevo recluta flacuchento y larguirucho. "Si señor" dijo Felicito, saludándolo y dando media vuelta.

"Soy el alistado Felicito Rosa y busco al teniente Restituyo" dijo Felicito a unos jóvenes que se encontraban sentados debajo de un árbol de flamboyán. "Es aquel que tiene la carpeta en las manos" respondió uno de los jóvenes. Felicito se dirigió hacia donde estaba el teniente Restituyo y haciéndole el saludo militar se presentó al teniente, este abrió la carpeta y sacó un listado, empezó a hojearlo "Felicito Rosa, aquí estás. Venga conmigo" Exclamó y se dirigió hacia un almacén. "Cuál es su medida de calzado y de ropa" le preguntó el teniente Restituyo a Felicito. Una vez en el almacén le buscó varios uniformes, "pruébeselo a ver cómo les quedan" le dijo el teniente poniendo los uniformes sobre el mostrador. Felicito se midió uno de los uniformes y este le quedaba a la medida. Salieron del almacén y acto seguido se dirigieron hacía un pabellón donde habían varias hileras de camas de dos plazas. "Esa será su cama" dijo Restituyo señalándole una de las tantas camas que habían. "arriba o abajo" preguntó Felicito entusiasmado "Elija usted", respondió Restituyo con rostro adusto. "Arriba" eligió Felicito. "Ok acomode sus pertenencias y lo veo a las 10:00 AM en la explanada para iniciar los entrenamientos" dijo el teniente Restituyo con voz autoritaria. "Si señor", respondió Felicito, mientras le hacía el saludo militar.

Se presentó en la explanada de la academia puntualmente a las diez, tal como le había ordenado el teniente Restituyo, cuando llegó, ya esta se hallaba repleta con los nuevos reclutas que iniciarían su entrenamiento policial. El entrenamiento policial duró seis meses. Todo ese tiempo sin poder ver a su familia, se comunicaba solo a través de cartas. Durante ese tiempo fue demostrando sus dotes de "escribiente" redactando cartas a algunos alistados que no sabían escribir bien y le solicitaban para que él le escribiera alguna carta para sus familiares. Escribía a manos y otras veces utilizaba una máquina de escribir de la academia policial, lo cual le fue dando mucha destreza en el uso de dicho artefacto. Cuando terminó su entrenamiento fue asignado a un destacamento en la misma provincia de San Cristóbal. El comandante del destacamento era un coronel analfabeto que había llegado a esa posición por supuestos "servicios prestados a la patria" y por su lealtad a la tiranía. Uno de los servicios prestados era el de haber participado en el "Corte". Con este nombre se conoció la operación de la matanza de haitianos, ordenada por Trujillo para "dominicanizar" la frontera, habiendo degollado con un puñal a más de un centenar de haitianos en esa jornada sangrienta del año 1937, el coronel había estado en prisión por asesinato, fue liberado y enrolado como oficial subalterno por el "generalísimo" tras su participación en esa matanza y lo iba ascendiendo de rangos según le iba haciendo "favores" al régimen como eliminar y hacer desaparecer personas contrarias al tirano.

Felicito fue asignado como escribiente y por más de seis años tuvo que estar bajo las órdenes de ese coronel el cual poseía una personalidad conflictiva, paranoica y esquizofrénica.

Todos los demás policías a su servicios le temían, porque él se vanagloriaba de decir qué tenía la confianza plena del "Jefe", y sus mejores temas de conversaciones, eran acerca de los crímenes perpetrados por él, durante "el corte", de cómo destripaba y degollaba a sus víctimas. Niños, jóvenes, mujeres, ancianos no tenía miramientos, a todos le pasaba el cuchillo filoso por el cuello.

Todos los haitianos eran para él considerados como "comida de puercos y animales salvajes". Un haitiano para él no era un ser humano, este tenía menos valor que "una plota de mierda" Decía, mientras mostraba el puñal. "Ese es mi resguardo contra esos mañeses" al momento que levantaba el puñal en sus manos y decía: "ustedes ven ese puñal, con ese elimine cientos de mañeses. No sé cuántos pero en un solo día tuve que limarlo decenas de veces, porque este se me ponía boto, por la cantidad tremenda de gargantas que corte". Felicito se intimidaba ante las horrorosas narraciones de su sanguinario jefe, quien lo convirtió en el hombre de confianza del acéfalo coronel, en asuntos administrativos y en materia de lectura y escritura en el destacamento. Uno de los primeros servicios que le tocó realizar a Felicito luego de salir de su entrenamiento policial fue el de servir de custodia en el enjuiciamiento de un señor que fue acusado de violar a una burra que era "señorita" en la provincia de San Cristóbal. La multitud se agolpó en el tribunal de justicia. Todo el pueblo quería conocer al desvirgador de burras vírgenes. Cientos de personas se disputaban un lugar en el tribunal para poder ver el juicio en primera línea y escuchar los argumentos tanto de la parte demandante como de la parte demandada. Con tantas gentes juntas en un espacio pequeño, la situación se puso tensa. Suspendieron la audiencia, porque la sala estaba atestada de personas y no había condiciones seguras para realizar el juicio. Cuando sacaron al acusado de la sala de audiencia las personas que se encontraban afuera del juzgado se aglutinaron en torno a él para verlo y se armó un tremendo tumulto de personas. Felicito se encontraba en el medio del tumulto protegiendo la integridad física del desdichado violador de burras. Los custodios hicieron una cadena humana en torno a él y las personas desgarraban los uniformes de los policías, los empujaban y los arañaban, sólo por querer conocer y ver al acusado de tan inusual violación. Hubo que hacer varios disparos al aire para controlar a la multitud de personas, quienes empezaron a dispersarse luego de esa acción. Felicito quedó con los brazos rasguñados y la camisa de su uniforme hecha harapos, pero pudieron garantizar la integridad física del violador.

El tiempo pasaba y a Felicito le correspondía ser ascendido de rango y el coronel utilizaba su influencia en el gobierno para impedir que a Felicito lo cambiarán de puesto o le ascendieran de rango, pues si eso ocurría tendría que asignarle otras funciones y perdería a su escribiente preferido, lo mantuvo en esa disyuntiva durante diez largos años. Las tiranías empezaban a tambalearse en América Latina. El coronel fue transferido al Servicio de Inteligencia Militar (SIM) y fue trasladado hacia la región del Cibao. Así Felicito pudo liberarse de la influencia nefasta del coronel, que le impedía seguir avanzando en su carrera policial, pese a que el coronel quería llevárselo con él a sus nuevas asignaciones. En Cuba la dictadura de Fulgencio Batista, fue derrocada, por las acciones armadas encabezada por el comandante Fidel Castro y esté después de ser arrojado del poder, salió huyendo y pidió asilo político a su amigo Trujillo y esté lo recibió con los brazos abiertos. A Felicito, le asignaron la nueva misión de custodiar al tirano prófugo y velar por su seguridad, durante su estadía en el país. Durante su estancia Felicito escucho al dictador cubano, advertirle al dictador dominicano, que se cuidará y que tratará de democratizar un poco más su régimen, si él no quería ser el próximo en la lista en ser derrocado y que los Estados Unidos no iban a permitir otro proceso, como el que había ocurrido en Cuba, "cuídate mucho, especialmente de los gringos - le advertía Batista a Trujillo - que ellos te quieren derrocar". "Que se metan conmigo, esos pendejos- ripostaba el tirano dominicano, a su homólogo cubano- que yo no voy a salir huyendo como tú. A mí me tienen que matar peleando".

Los ascensos comenzaron a llegarle después de seis años siendo raso. En el entretiempo conoció una hermosa mujer que trabajaba como mesera en una fonda en la que Felicito desayunaba, comía y cenaba. El amor fue surgiendo entre platos de arroz con frijoles y carnes guisadas. Se mudaron juntos, en una pequeña casa rentada, los niños empezaron a nacer de inmediato y con ellos la responsabilidad de mantenerlos y criarlos, el primer hijo les nació muerto, luego en los años subsiguientes les nacieron sus tres primeros hijos. En una ocasión Felicito fue a su pueblo natal a visitar a sus familiares, mientras caminaba por las calles de su pueblo unos jóvenes salían de la escuela y uno de ellos gritó a viva voz, mientras felicito pasaba en frente de ellos, "Abajo Trujillo carajo". Todos los ojos de los transeúntes alrededor de Felicito se volcaron hacia él. El no tuvo más remedio que perseguir al osado joven que había tenido la valentía de vociferar dicha herejía en contra del dictador. Felicito atrapó al joven y cuando estuvo en un lugar fuera del alcance de la vista de la gente le dijo al muchacho "Mira yo no tuve más remedio que perseguirte, vete para tu casa y dile a la gente que alguien te soltó" Este joven se convertiría después en periodista y dirigente revolucionario, el señor Rafael Chaljud Mejía. Ya la tiranía trujillista se encontraba tambaleante en sus cimientos y se estaban gestando planes para su derrocamiento, era cuestión de tiempo, de qué el "mango madurara y cayera de la mata".

El tirano cayó ajusticiado y Felicito ostentaba el rango de cabo de la Policía Nacional. Pasaron los meses de turbulencias políticas, por las luchas para la expulsión de los familiares y los remanentes de la tiranía, que se negaban a dejar el poder. Balaguer que era a la sazón el presidente títere de Trujillo, cuando ocurrió el tiranicidio, intentó mantenerse en la presidencia, pero el pueblo se lo impidió y no tuvo más remedio que salir al exilio. La presión popular del pueblo fue determinante en todo este proceso. El pueblo con su lucha logra expulsar a la familia del tirano. Los partidos políticos que en su mayoría se habían fundado en el extranjero por la falta de libertades civiles y garantías institucionales de la tiranía, empezaron a llegar y a promover sus agendas políticas. Se reorganiza la sociedad y se convocan a elecciones para elegir un nuevo presidente. Los candidatos empiezan a recorrer los distintos pueblos del país. El profesor Juan Bosch uno de los candidatos favoritos para ganar el certamen electoral, llegó al barrio donde vivía Felicito, junto a su familia, en actividades proselitista. Toda la comunidad se volcó a respaldar las aspiraciones políticas del candidato. Un niño de cuatro años se cuela entre la multitud y logra acercarse al candidato, agarrándose de sus pantalones, el candidato levanta al niño cargándolo y pregunta "¿Quién es la madre de este niño?". "Yo" contestó la madre del niño abriéndose paso entre la multitud de personas "¿Y qué es lo que dice el niño?" preguntó el profesor Bosch a la madre, porqué el candidato no podía entender lo que el niño murmuraba. La madre del niño le respondió "él lo que dice es que quiere que le asciendan a su papá cuando usted sea presidente". El profesor preguntó "¿y cómo se llama su padre?" procediendo a sacar una libreta y un lapicero de su bolsillo. "Felicito Rosa", respondió la madre del niño, mientras el profesor se disponía a escribir en su libreta el nombre del padre del niño "¿y a que institución pertenece?" volvió a preguntar el candidato "A la Policía" respondió la madre. Las elecciones se realizaron sin ningún contratiempo, ganándola el profesor Bosch por un amplio margen. Tan pronto se juramentó el profesor Juan Bosch como presidente de la república, le llegó el ascenso de sargento a Felicito y fue transferido a la ciudad capital, a la sede central de la Policía, asignado a labores administrativas, en calidad de escribiente, al poco tiempo le llega otro ascenso a sargento A&C. El gobierno del profesor

Bosch es derrocado por una facción neotrujillista de las Fuerzas Armadas apoyada por el gobierno Norteamericano, del presidente Lindon. B Johnson, acusándole de tomar medidas de corte comunistas por el sólo hecho de haber promulgado una Constitución que favorecía a las masas trabajadoras y les garantizaba a los trabajadores ciertos beneficios sociales y económicos. Se instaló en el poder una Junta cívico militar, que sumió al pueblo en más miseria. Esa Junta cívico militar o Triunvirato, no convocaba a elecciones y tomaba medidas cada vez más impopulares, desatando una represión feroz contra todo lo que representará u oliera al gobierno depuesto del Profesor Bosch, lo que fue creando en una oficialidad joven y progresista ciertos disgustos y descontento, los cuales se agruparon en un movimiento de apoyo al retorno del profesor Bosch al poder y la vuelta a la Constitución que había promulgado este sin realizar elecciones. El movimiento produjo un levantamiento militar el 24 de abril del 1965, el cual inmediatamente fue respaldado por el pueblo. El sector militar que respaldaba al triunvirato cada vez iba perdiendo terreno, en pocos días las fuerzas que luchaban por el retorno de Bosch tenían el control de casi la totalidad de las instituciones armadas del país. Felicito quien había decidido participar en el conflicto en el bando del triunvirato, aunque tenía simpatía por el profesor Bosch, se decidió a participar en ese bando porque no tenía confianza en Caamaño, consideraba que el coronel Francisco Alberto Caamaño era un "engreído y caprichoso, hijito de papi y mami" y que de alguna manera se había beneficiado de la dictadura trujillista a través de su padre, que fue un general de confianza y de mucha influencia en el régimen de Trujillo, por lo que no confiaba en él, como cabecilla del movimiento, ya que él lo había conocido y habían tomado algunos cursos de entrenamiento juntos. Felicito fue hecho prisionero en plena guerra de abril por el jefe de la Policía General Belisario Peguero por negarse a cumplir una orden de esté, por considerarla de temeraria e improcedente. Felicito fue enviado a "restablecer el orden" con una patrulla integrada por diez policías. Cuando llegó al lugar se percató que habían miles de personas en la manifestación de apoyo al movimiento Constitucionalista y restablecer el orden público con esa cantidad de policías era realmente irrisorio en medio de un conflicto armado o de una guerra civil. Era una muerte segura para él y para todos los miembros de su patrulla, por lo que decidió no cumplir esa orden con la anuencia de sus subordinados y volvió para su destacamento con toda su patrulla sana y salva, por esa razón de proteger la integridad y la vida de sus compañeros fue hecho prisionero. Los acontecimientos se iban produciendo uno tras otro, el movimiento Constitucionalista junto al pueblo seguía ganando más posiciones. La Policía Nacional era uno de los pocos focos de resistencia que quedaban al movimiento constitucionalista. Ya las tropas del movimiento constitucionalistas estaban a punto de apoderarse de la sede de la Policía donde se encontraba detenido Felicito, los combates eran cada vez más intensos y el pueblo junto a los militares constitucionalistas ya estaban logrando la victoria, entonces la guerra de abril tomó un giro diferente al desembarcar 42 mil marines norteamericanos, produciéndose la segunda intervención militar norteamericana a la República Dominicana. Este hecho o acontecimiento impidió que el Palacio de la Policía Nacional cayera en manos de los constitucionalistas y que Felicito salvase su vida. El conflicto bélico pasó en muy pocos días con la intromisión de los Estados Unidos de una guerra civil a una guerra patria. Después de casi seis meses de cruentos combates entre las fuerzas interventoras y las fuerzas constitucionalistas se llegó a un acuerdo de cese al fuego y la convocatoria a nuevas elecciones. Estás se realizaron bajo la supervisión de las tropas interventoras, ganándola por supuesto el candidato de la extrema derecha favorito de los interventores y de la corriente neotrujillista, el Dr. Joaquín Balaguer, quien se encontraba en el exilio y retornó al país utilizando el engaño, fingiendo que su madre se encontraba grave de muerte y bajo ese argumento y con la complacencia de las tropas interventora, se quedó en el país participando en esas elecciones amañadas, iniciándose con este hecho el período conocido en la historia reciente Dominicana como: "El gobierno de los doce años de Balaguer". Una vez más el espectro de la dictadura se cierne sobre el poder, aupada por la ocupación militar norteamericana. Este nuevo gobierno se caracterizó por ser un gobierno servil a los intereses norteamericanos y por una férrea represión política contra los opositores y contra los militares que participaron en la guerra de abril en el lado constitucionalista. La violencia política dirigida desde el estado a través del asesinato selectivo, exterminó físicamente a toda una generación de políticos y pensadores sociales dominicanos, creando una brecha generacional, una ausencia y crisis de liderazgo que perdura hasta nuestros días. Felicito fue ascendido a teniente ya le habían nacido dos hijos más uno durante la guerra de abril del 1965 y el otro posteriormente a esta.

Hasta antes de la intervención militar norteamericana el consumo de drogas tenía unas estadísticas de consumo muy baja, en la población dominicana, por no decir nula, después de ésta los niveles de consumo de estupefacientes y drogas narcóticas ilícitas, empezaron a incrementarse y a surgir los marihuaneros y cocainómanos dominicanos y a implementarse y fomentarse la cultura de la droga, después de esa incursión militar. La juventud dominicana comenzó a imitar los patrones de conducta y valores de consumo y culturales de los interventores. Las drogas iniciaban su ascenso indetenible, como una panacea, para tergiversar la mente de la juventud, dominicana, esta estrategia fue diseñada para que los jóvenes no fueran capaces de aprehender la realidad social y política circundante y no se preocuparan por transformarla. Felicito se convirtió en uno de los pioneros en combatir ese flagelo de las drogas al descubrir una siembra de marihuana en las lomas de San José de Ocoa a finales de los años sesentas, asestándole un duro golpe al narcotráfico, decomisando una cantidad considerable de kilogramos de dicha yerba, esto ocurrió en el año 1969. Ese mismo año Felicito fue enviado al extranjero específicamente a los Estados Unidos a capacitarse en un curso de técnicas de investigaciones criminales y policiales especializándose en materia de robos y contrabandos en la Academia internacional de policías con sede en Washington DC. Felicito estuvo en ese curso de especialización, durante seis meses y al poco tiempo de retornar del entrenamiento comenzó a rendir sus frutos, descubriendo un contrabando de joyas, valorado en varios millones de dólares. Cuando Felicito descubrió El alijo de joyas hizo un peritaje visual de las joyas, cuando sus superiores llegaron a la escena del contrabando se hicieron cargo de la operación, dejándolo a él fuera de está, al día siguiente Felicito se enteró a través de una publicación en uno de los periódicos de circulación nacional que reseñaba, en su edición matutina la novedad del contrabando de joyas, se dio cuenta de que sus superiores mentían a la prensa y al país, porqué él había visto con sus propios ojos, que el contrabando tenía un valor por encima del que sus superiores le decían a la prensa y a la opinión pública que había. No tuvo más remedio que callar ante este acto descarado de corrupción de sus superiores, pues al parecer estos se apropiaron de millones de pesos en joyas. Mientras la dictadura balaguerista se afianzaba, los segmentos más puro de la juventud dominicana era asesinada por los esbirros y colaboradores de dicho régimen. Periodistas como Gregorio García Castro (Goyito) y Orlando Martínez fueron brutalmente asesinados, y sus asesinos no aparecerían nunca, ni nadie recibiría castigo por esos crímenes.

El coronel Caamaño había desertado de su puesto diplomático como agregado militar en la embajada Dominicana en Londres, puesto en el cual el presidente Balaguer lo había designado con la finalidad de mantenerlo alejado de los cuarteles militares. Se había trasladado en total clandestinidad hacia Cuba, con el objetivo de entrenar un grupo guerrillero para inicial otro conflicto armado que diera al traste con el régimen de los Doce Años. El desembarco guerrillero por la playa de Caracoles del coronel Caamaño se produjo el 2 de febrero del 1973 y se convirtió en un gran fracaso, porque las ideas de liberación de ese movimiento no caló en la conciencia de esa clase media balaguerista y las condiciones objetivas y subjetivas que habían dado origen a la rebelión de abril del 1965 habían variado, y ya no eran las mismas, ocho años después. El doctor Balaguer fue quién reestructuro la sociedad dominicana, después del ajusticiamiento del tirano Trujillo. Balaguer, fue el propulsor de la nueva clase media, creando más de trescientos nuevos millonarios con su régimen corrupto y llevando a la tumba a más de tres mil personas y más de cuatro mil desaparecidos en un periodo de doce años. Esta clase media aguajera y fantasmosa surgida de la corrupción administrativa y de la expropiación de los recursos del estado, sin conciencia ni principios éticos, ni morales fue uno de los pilares en el que se apoyó la dictadura balaguerista para su afianzamiento. Por esta razón la clase media que apoyo a Caamaño en la revuelta del 1965, lo dejó sólo en esa nueva aventura de liberación. El descubrimiento y posterior asesinato de los palmeros un año antes del desembarco, fue un factor determinante en el fracaso de la empresa guerrillera del coronel Caamaño. Los palmeros, comandados por el aguerrido joven revolucionario Amaury Germán Aristy serían los encargados de dirigir la guerrilla de Caracoles, en la ciudad de Santo domingo.

El "generalato" tuvo un papel preponderante en el sostenimiento de ese régimen de terror, de los doce años. El Doctor Balaguer ascendió a ese rango a una gran cantidad de policías y militares, en la mayoría de los casos, eran militares sin ningún tipo de preparación académica o profesional, su único requisito, era su lealtad al régimen represor. Balaguer supo manejar e utilizar esa casta militar a su antojo, los ponía a pelearse entre sí para de esa manera tenerlos desunidos, para que estos no pensarán en conspiraciones y golpe de estados, contra su gobierno y se preocupasen más por demostrarles a él, cuál era más leal e incondicional a su régimen de oprobio y de opresión, estableciendo una rivalidad irreconciliable entre ellos. Uno de esos generales leales al régimen balaguerista lo era Nivar Seijas, quién venía desde los tiempos de la tiranía de Trujillo ganándose un nombre como oficial represor. Este ocupó durante los "doce años" varias jefaturas de estado mayor de las Fuerzas Armadas y en esta ocasión Balaguer lo había designado en la jefatura de la Policía Nacional. Felicito ya ostentaba el rango de capitán de la Policía y fue trasladado desde el Destacamento Juan Pablo Duarte (Cascos negros) en la capital y designado como subcomandante en la provincia de San Juan de la Maguana.

La rifa de aguante era una actividad ilegal penalizada por la ley en ese tiempo. Un pariente del jefe de la Policía tenía el control absoluto de esa actividad ilícita en toda la región Sur del país, desde San Cristóbal hasta Pedernales. Esa era una actividad muy rentable puesto que no tenían qué pagar impuestos y todo dependía del azar, o de la suerte del jugador. La mayoría de los "riferos" o personas que se dedicaban a la venta de números de lotería en su mayoría lo hacían para pasárselo al pariente del jefe de la Policía el cual obtenía jugosas ganancias con esta actividad. Una patrulla bajo las órdenes de Felicito, apresó a un rífero de los que vendían números para el pariente del jefe de la Policía. El comandante y el subcomandante Felicito, eran policías que anteponían sus principios a los intereses particulares y de grupos, siempre estaban prestos a hacer valer los criterios de justicia y de libertad, sobre cualquier interés mezquino, estaban dispuesto a enfrentar y combatir el crimen, los delitos y hacer cumplir y respetar las leyes a cualquier precio. El rifero era una persona de la tercera edad y gozaba de un estado de salud precario. El pariente del jefe de la Policía intercedió para la liberación del rifero a través de su pariente el jefe de la Policía, el cual llamó al comandante de la regional Sur, ordenándole verbalmente que soltaran al rifero. Como esa orden vino del propio jefe de la Policía el comandante transmitió la orden verbal al subcomandante Felicito, sin pensar que se estaba gestando un plan siniestro para separarlos de la institución, quién a su vez le transmitió la orden a su subalterno, un teniente arribista y trepador, al servicio del pariente del jefe de la Policía, quien procedió a liberal al rifero preso. El teniente, quien ambicionaba y envidiaba el puesto de Felicito, en complicidad y en contubernio con el pariente del jefe de la policía, orquestaron un plan para deshacerse del comandante y del subcomandante, porque estos no dejaban actuar libremente a los riferos al servicio del pariente del jefe de la Policía. El argumento que presentaba el jefe de la Policía para que liberarán al rifero era que esté sufría de alta presión arterial, que lo dejaran irse a su casa y que éste se presentaría voluntariamente el próximo día laborable al destacamento policial, ya que este había sido detenido durante el fin de semana. Esto no ocurrió y el rifero no se presentó a la Comandancia como el jefe de la Policía había acordado que ocurriría. El teniente se trasladó inmediatamente a la sede central de la Policía, donde se encontraba el jefe de la Policía e interpuso una denuncia en contra del comandante y de Felicito, en el cual lo vinculaban como que ellos apoyaban la "rifa de aguante" en San Juan de la Maguana, cuando era todo lo contrario y que Felicito y el comandante, habían liberado al rifero detenido como una evidencia de su apoyo a la "rifa de aguante". El jefe de la Policía mandó a llamar al comandante y a Felicito y los puso bajo arresto, le recomendó al presidente Balaguer para que los separara de las filas policiales, al comandante y a Felicito de una manera deshonrosa, cosa a la que el presidente se negó, porqué tanto Felicito como el comandante, poseían un historial y una hoja de servicios impecables como policías. El tirano, después de tres semanas de arrestos de los oficiales y desoyendo la petición del general represivo, de despedirlos a ambos deshonrosamente, decidió ponerlos en retiro, tanto al coronel como a Felicito, pero no de una manera deshonrosa ya que ambos habían servido a la institución policial por más de veinticinco años, pero la razón del despido o de la separación de las filas policiales no fue, por la que alegaba la jefatura policial "Apoyar la rifa de aguante". Al parecer la trama orquestada era contra el comandante, quien había tenido conflictos con el pariente del jefe de la Policía General Nivar Seijas y de paso le troncharon la carrera policial de Felicito, ya que este de manera aparente, no contaba con enemigos dentro de la institución, ya que la única falta que había cometido era la de haber cumplido la orden verbal que el comandante le había transmitido. "No pueden haber dos oficiales honestos en un mismo destacamento" Le decía el comandante a

Felicito a manera de lamento, "pues eso puede ser muy peligroso para los intereses de los superiores corruptos", mientras Felicito replicaba "comandante fue un gran honor haber servido bajo sus órdenes "el honor fue mío -ripostaba el comandante- haber tenido un oficial honesto y con tanta rectitud como usted a mi disposición", mientras se daban un apretón de manos. Cuando Felicito llegó a su casa, está vez vestido con ropa de civil, reunió a sus hijos y les dijo, con voz firme y serena "Mis hijos, todo esto de lo que se me acusa ha sido una infamia en contra mía. Ustedes pueden caminar con su frente bien en alto. Su padre nunca hizo lo mal hecho. "No robé, no maté. Nunca abuse de ninguna persona por mi condición de oficial de Policía" les decía con frustración "Mi único error fue cumplir órdenes verbales de superiores corruptos".

Felicito trató de integrarse a la vida civil buscando empleos y no encontraba, para un hombre de su edad, unos cuarenta y tres años, habiendo pasado más de veinticinco años en las filas de la Policía, se le hacía difícil comenzar de nuevo y además había caído en desgracia con uno de los generales más temibles del régimen balaguerista. Ya el gobierno genocida de los "Doce Años", estaba llegando a su final. El pueblo gritaba con más fuerzas, cada día "Atrás la represión". El temor implantado por el régimen balaguerista se estaba disipando. "Él cambio va" era la frase que se escuchaba por todas partes. En los carros de concho, en las guaguas y parques. Mientras Felicito continuaba sin conseguir empleo. Las elecciones se efectuaron y por más inconvenientes para poder sufragar el voto que se le impuso a los opositores de la dictadura, el cambio llegó, el pueblo

votó contra el régimen de los "Doce Años", hubo intentos
del "Generalato" por desconocer la voluntad popular pero
al final prevaleció la prudencia y el Dr. Balaguer tuvo
que reconocer su derrota a regañadientes, por presiones
internacionales principalmente por los Estados Unidos,
quienes lo persuadieron de que entregará el poder para que
no se le callera su política insular de dominación regional,
puesto que la región de América Latina estaba muy convulsa
y las revoluciones sociales se estaban extendiendo por todo
el continente. Balaguer tuvo que entregarle el poder al
candidato ganador de las elecciones del 1978 Don Antonio
Guzmán. Este llevó a la jefatura de la Policía al General
Payano Rojas un gran amigo de Felicito quién lo convido
a reintegrarse a las filas policiales una vez más, a lo que
Felicito rehusó porqué ya tenía en mente emigrar hacia los
Estados Unidos. Había obtenido una visa que la suerte o
el destino lo había favorecido, él había sido rechazado ya
en el consulado norteamericano y cuando estaba resignado
a irse para su casa se encontró en la delegación consular
con un amigo policía, que había estado bajo las órdenes de
Felicito y se había ganado la admiración y el respeto del
policía, mientras esté estuvo bajo sus órdenes y que estaba
de custodia en el consulado Norteamericano, quién al verlo
allí le preguntó asombrado "Felicito que tu buscas aquí",
Felicito entristecido le respondió "vine a buscar visa para
emigrar, pero acaban de rechazarme", el Policía le respondió
"cómo va a ser eso comandante, venga por aquí conmigo y
póngase en está otra línea" "pero si acaban de rechazarme"
le ripostó Felicito "No, no no venga conmigo" le insistió
el amigo policía y tomándole por el brazo lo introdujo en

la línea que le había indicado. Lo dejó en la línea y se le desapareció por un instante, al parecer el amigo policía tenía buena relación con el cónsul y él estaba intercediendo con él, para que esté le otorgará el visado a Felicito. Cuando le tocó el turno a Felicito de volver a entrevistarse con el cónsul éste sin muchas preguntas le otorgó la visa. "Vez comandante se lo dije" le dijo el Policía sonriendo, mientras le daba un gran abrazo. Felicito obtuvo su visa y ahora no tenía el dinero para comprar el boleto de avión, tampoco poseía ropas, ni zapatos apropiados para poder realizar el viaje. Llegó a la casa compungido, pues ya tenía su visado, pero no sabía cómo iba a obtener dinero para el boleto aéreo y ropas para su viaje. Preocupado y meditabundo permanecía Felicito, según pasaban los días y no conseguía el dinero para el viaje. Estaba desesperado se pasaba los días sin hablar con nadie sobre lo que le estaba pasando, hasta que su esposa lo confrontó y le dijo: "Felicito qué es lo que te está pasando, que tiene tiempo que no habla y está siempre pensativo. ¿Cuál es el problema?". Felicito acongojado le respondió "es que no sé de dónde voy a sacar el dinero para el viaje, no tengo ropa ni zapatos", "pues si ese es tu problema -le dijo su mujer- eso está resuelto, pues la vecina de al lado sabe de una agencia de viajes que fían los pasajes y tú lo pagas a plazo. Déjame ponerme en contacto con ella" inmediatamente la vecina lo puso en contacto con la agencia y el asunto del pasaje estaba resuelto, faltaba ahora lo de la vestimenta, la misma vecina había enviudado recientemente y conservaba aún algunas ropas de su difunto marido el cual tenía el mismo porte y talla de Felicito y le regaló varios pantalones y varias camisas. Faltaba ahora el calzado, su esposa había obtenido un par de zapatos de color blanco que le quedaban a la medida pero a Felicito no le agradaban por el color blanco, pues él decía qué esos zapatos blancos eran para doctores. Le estaba llegando la fecha para realizar el viaje y no aparecían unos zapatos apropiados para Felicito, hasta que surgió una brillante idea para solucionar el problema del calzado, como el problema era con el color del calzado, que era de color blanco, pues porque no teñirlo de negro y así se hizo, pues salía más barato que comprar unos zapatos nuevo. Así Felicito emigró a los Estados Unidos, país que lo recibió y donde trabajó por más de treinta años y dónde posteriormente después de una larga lucha contra una terrible enfermedad, hasta que está lo venció.

MARÍA MIDALES - UNA VIDA NO VIVIDA

Nació un día cualquiera de un año desconocido. Su niñez transcurrió, como toda niñez, de un niño de una familia pobre, de una provincia típica de la región sur de la República Dominicana. Todo estuvo normal más o menos hasta que cumplió los 12 años y su corazoncito empezó a experimentar y a padecer lo que los seres humanos se empeñan en llamar amor, esa rara enfermedad, que todos los seres en la tierra, alguna vez en la vida es contagiado y fue seducida por un hombre un poco mayor que ella, con más mañas y vivencias que ella. Su familia, inmediatamente se opuso a la relación, porqué este hombre, ya había cometido antes con otras niñas del entorno, semejante sacrilegio. Las había enamorado, embarazado y abandonado, porque el pertenecía a una de las familias acaudaladas de la región, y se valía y aprovechaba de las necesidades de las jovencitas, por su situación económica privilegiada, creándole falsas expectativas a las muchachas de extracción humildes, este hombre ya había sido sometido a la acción de la justicia, por otras familias del lugar, ya que en otras ocasiones, él había abusado de otras niñas, y se había salido con la suya, y salía librado de cumplir condena, por sus fechorías, la familia de María Midales no sería la excepción, de llevar a la justicia al hombre que había abusado de ella, robándole su virginidad e inocencia, sus padres buscando rescatar la honra que el rufián le había arrebatado a su hija, lo sometieron a la justicia, para que éste pagará por la deshonra de haberla abusado sexualmente y para que no siguiera cometiendo más abusos con otras jóvenes incautas. Su Familia la había aconsejado, para qué María Midales, declarará ante el juez, que el hombre la había engatusado y abusado de ella, y que ella quería que el pagará por el delito de haberla abusado, para que fuera a prisión y pagará con esto sus abusos. Todo estaba ensayado, la niña diría lo que sus padres le habían dicho que dijera. La querella fue interpuesta por los padres de la niña. El hombre que la había abusado no quería asumir su responsabilidad del hecho. Los padres de María Midales, sólo querían que el sinvergüenza irresponsable, pagara su culpa, por lo que le había hecho a su hija.

Llegó el día de la audiencia, en el tribunal y ante el juez, se enfrentaba la jovencita María Midales a su destino, el juez inició el proceso, le preguntó a María Midales, sin mucho rodeos "Entonces jovencita que usted quiere que yo decida en este caso, quiere que envíe a la cárcel al acusado o quiere que lo case con usted ahora mismo", hubo un gran silencio, en la sala de audiencia, todas las miradas se tornaron hacia ella, fueron unos segundos de gran tensión para la niña. Ella miraba todos los rostros allí presentes, su madre fruncía el truño, su padre le indicaba con las manos a que dijera lo que habían acordado que ella diría. Ese era el momento más importante qué tendría en toda su existencia María Midales, porque era el foco de la atención de todos los allí presentes. Por un lado recordaba, todas las cosas malas que le habían dicho que el hombre había hecho y por el otro escuchaba las lindas palabras que el abusador le había susurrado al oído para seducirla y conquistarla. Su mente y su corazoncito eran un torbellino a punto de estallar. Sus ojos oscilaban entre la fascinación, el dolor y la magia de la pasión. Todo era ilusionante en la mente de la niña, imagínense, el magistrado le había puesto en bandeja de plata la posibilidad del casamiento con el hombre que había abierto las puertas de su corazón al amor. El juez volvió a inferir su pregunta. Ella se encontraba perpleja, su mente debatía con su corazón la respuesta, el juez la había puesto a elegir entre casarla con el hombre que la había ilusionado ofreciéndole el cielo infinito o mandar a la cárcel al abusador que se aprovechaba de las jóvenes soñadoras, al final su corazón habló por su mente, "Quiero casarme con el" dijo la niña, con su carita repleta de amor, pensando en que el hombre le cumpliría lo que le había prometido. "Qué?" -exclamó su madre - mientras se agarraba su cara con su mano derecha, como señal de asombro, por la respuesta que acababa de escuchar. El juez replicó "estás segura de que quieres hacer eso" y la joven consintió respondiendo "si", el juez le pregunto al acusado, si tenía alguna objeción y este dijo que "no tenía objeción alguna" y que acataría lo que el juez dictaminara, entonces el señor juez, dando unos martillazos en el estrado para silenciar a los presentes que murmuraban en la sala de audiencia" pues entonces, si no hay ninguna objeción, voy a proceder a casarlos inmediatamente". La madre de María Midales, no podía creerlo, salió furiosa y apresurada del juzgado de instrucción y no esperó por la ceremonia de casamiento, camino enojada, bajo el sol ardiente, por unos veinte kilómetros, que era la distancia entre el tribunal de justicia y la casa donde vivía. El juez realizó la ceremonia y así se hizo realidad el sueño de María Midales de casarse con su Príncipe azul. El hombre malvado, al cual María Midales amaba. El esposo se la llevó a vivir a la casa de sus padres y a las pocas semanas de estar viviendo su romance y su luna de miel, el esposo salió una tarde, bajo el pretexto dizque de comprar unos cigarrillos, éste se hizo el "chivo loco" y se desapareció, María Midales, quien lo amaba tanto jamás volvió a verlo, ni a saber nada de su amado, por qué el no regreso nunca más, dejándola abandonada para siempre en la casa de sus suegros.

María Midales, lloraba tanto su abandono, su sufrimiento era tal, que casi no comía y su estado de salud estaba bastante deteriorado. Su madre quien había dicho que nunca le perdonaría su falta de obediencia, empezó a sentirse preocupada por su situación, que decidieron perdonarla y así el padre de María Midales fue a buscarla a la casa de sus suegros, para llevarla de retorno a su casa. Al poco tiempo de su fracaso matrimonial decidió continuar con su vida normal, retornando a la escuela y tratando de hacer las cosas que hacía antes de su desdichado fracaso. Un día, después de regresar de la escuela y sentarse en un mueble a descansar un momento, mientras ingería de postre, en una taza de café, un dulce de coco con batata y piña, que había preparado su madre, de repente la tasa de café se le cayó al piso, María Midales empezó a mover los ojos de un lado a otro, mientras el sudor le recorría todo el cuerpo, luego cayó ella al suelo y comenzó a convulsionar y a botar una flema blanca por la boca. Su padre que era un hombre muy supersticioso, al ver a su hija tirada en el suelo y haciendo movimientos como si estuviera entrando en una especie de trance o posesión y al llamarla y no recibir respuesta de ella, inmediatamente pensó que lo que le estaba ocurriendo a su hija era el producto de una brujería, o una maldición, que le había hecho el hombre malvado, que la había abusado y aprovechado de su ingenuidad, para deshacerse de ella y poder volver al pueblo para continuar con sus andanzas. Transcurrieron varias semanas sin mostrar síntomas de lo que le había ocurrido. Su padre que era un hombre conocedor de rezos y de oraciones con poderes curativos, que le había transmitido y enseñado su padre, le había hecho algunos "ensalmos" que pretendían deshacerse del hechizo de la brujería, luego los achaques empezaron a ocurrir con más frecuencia y su padre empezó a llevarla en consecuencias dónde curanderos, curas, sacerdotes y centros espiritistas, con la finalidad de que le exorcizarán el espíritu maligno que se había apoderado del cuerpo y de la mente de su hija. Los ataques eran cada vez más intensos y frecuentes. Sus padres buscaban más y más la curación recurriendo a los hechiceros, María Midales, tuvo que abandonar la escuela en el sexto grado de la enseñanza primaria, debido a la regularidad y la frecuencia con que se producían los ataques. Ella que se vislumbraba así misma, como una futura profesora, pues poseía la pasión y la inteligencia suficiente para serlo, si hubiese tenido la oportunidad de seguir estudiando. Tuvo que renunciar a sus sueños. Su padre falleció, tiempo después, creyendo que su hija estaba hechizada, pese a que en el pueblito muchos murmuraban, que ella lo que tenía es que era "una buena sinvergüenza", mientras otros decían que a ella lo que le daba era "La gota". Su padre no lo creía así, porque su hija no podía ser portadora de una enfermedad que era mal vista por todos los sectores de la población. Así, María Midales, se fue ocultando en un mundo de misterio e ignorancia. Se fue inutilizando, poco a poco. No volvería jamás a casarse. La vida paso sobre ella sin dejar huellas, no tuvo hijos. Era la enferma, que cargaba con una maldición, un maleficio que no se merecía padecer y que la iba consumiendo.

Una de sus hermanas tuvo la oportunidad de ir a buscarla, para llevarla a un médico en la ciudad de Santo domingo, cuando ya ella rondaba por los treinta años. El doctor le diagnosticó, que ella lo que estaba padeciendo era de ataques de epilepsia. Le dijo que ese padecimiento no tenía cura, que la única manera de controlar esos ataques, era tomándose una pastilla diariamente, por el resto de su vida. Al principio se la tomaba sin falta todos los días y los ataques cesaron. El doctor la veía cada cierto tiempo, para observar que estuviera llevando el tratamiento de manera adecuada. Le dijo en una ocasión "Tu estará condenada a una pastilla. Si te la toma todos los días esos ataques nunca los tendrás y podrás vivir una vida normal. La diferencia entre los ataques y una vida sin ataques, es esa pastilla".

Ella sintió una gran frustración al saber que su vida pudo haber sido normal, que pudo haber estudiado y haber podido tener sus hijos y criarlos, si tan sólo en vez de creer en supersticiones y mitos, si sus padres tan sólo hubiesen creído un poquito en la ciencia. Ella siempre creyó lo que le habían dicho sus padres y supo muy tarde que una pastilla era la solución para sus achaques, sus deseos de vivir se fueron disminuyendo. Por una pastilla al día, no pudo tener vida y disfrutarla. Tantos brujos y curanderos que visitaron, ella y su padre y no pudieron darle nunca una solución a su problema y en una simple pastilla estuvo la solución a su quebranto todo el tiempo. Cuando supo esto se puso rebelde. Vivir tanto tiempo sin un tratamiento para su dolencia, en la medida en que le daban los ataques y ella caía al suelo y se golpeaba en la cabeza, estos golpes le fueron creando ciertos trastornos que le fueron provocando momentos de demencia, cantaba canciones, se sabía el himno nacional de memoria, pero la vida ya no le interesaba, su hermana que la llevó al doctor que le diagnosticó su enfermedad, siempre se ocupó de que no le faltara su medicamento, pero María Midales se puso renuente a tomarla. En un principio le peleaban para que se la tomara y ella decía que se la tomaba y al parecer no se la tomaba pues al rato la encontraban en el suelo convulsionando. Luego se acordó, entre la familia, que le iban a suministrar el medicamento sin que ella lo notara, diluida en cualquier alimento líquido que ella ingiriese, la pastilla era demolida y se la vertían en una taza de café o en un vaso de jugo. Pasaron los años dándole la pastilla a escondidas y los ataques se alejaron de ella por un largo periodo de tiempo. La niña ingenua empezó a envejecer, su madre abandono este mundo y la dejó sola con sus hermanas, las cuales habían hechos sus vidas, todas habían procreado sus hijos y entre todas habían asumido el sostenimiento de ella. Su madre quien la había criado de una manera muy estricta, casi dictatorial, con muchos regaños severos, llegando incluso, al maltrato verbal y en ocasiones a los golpes. Todos o casi todos los miembros de la familia la ignoraron, era considerada como un estorbo, una mancha indeleble. No la dejaban hablar, ni opinar siquiera. Todos la mandaban a callar incluso hasta una criada que su familia contrato para que la cuidase, luego de que su madre falleciera, la trataba como si ella fuera un desecho, cuando para lo que ella estaba era para atenderla. En las postrimerías de su vida, apareció la posibilidad de que surgiera la oportunidad de un gran romance y hasta otro posible matrimonio. Un hombre apareció en su vida y empezó a cortejarla, ella que era bien formal y respetuosa, le solicitó a sus familiares encargados de su custodia, la anuencia de ellos, para que este caballero pudiera ir a visitarla en su casa, algunas de sus hermanas, que eran sus custodias, estuvieron de acuerdo, otras tantas estuvieron en desacuerdo, con esa solicitud que ella hacía. El señor comenzó a visitarla y bajo supervisión de la criada se sentaban en la sala a conversar largas horas. El caballero en algunas ocasiones le obsequiaba flores, otras veces dulces o golosinas. Parecía que el nuevo galán al parecer tenía serias intenciones, aunque entre algunas de las hermanas albergaban sus dudas, porque creían que a este caballero sólo le interesaba la casita modesta que su madre le legara como herencia. Una noche, una de las hermanas fue a visitarla para conocer al caballero, que había puesto a latir de prisa una vez más el corazoncito de María Midales. Al llegar su hermana y encontrar al enamorado sentado en la sala, la hermana empezó a insultar al pobre hombre y a sacarlo de la casa. "Miré usted es muy atrevido, en venir aquí a visitar a esta mujer enferma y a estas horas de la noche. Lárguese de aquí y no vuelva a poner un pie jamás". El hombre sin mediar palabras se levantó del asiento recogió su sombrero y se marchó y nunca más volvió. El caballero era un hombre de tez oscura y de un español de marcado acento haitiano. Así se le esfumó a María Midales una segunda oportunidad para volver a amar y sentirse amada. Al poco tiempo de ese nuevo fracaso sentimental, tuvo una caída, en medio de uno de los tantos ataques epilépticos que tuvo. Ya sus huesos habían empezado a ablandarse, por el devenir del tiempo y los golpes que recibía en cada caída que iba recibiendo, cuando los ataques de epilepsia la visitaban. En esa ocasión sufrió una fractura en la cadera, que la imposibilito de la habilidad para poder caminar, postrándola en una cama, hasta que la muerte se recordó de su existencia y fue a buscarla, para llevársela con ella y liberarla de todos sus pesares y de los pocos momentos de dicha y felicidad que vivió.

EL CRISTO NEGRO DEL SUR

La noticia se regó como pólvora, en la comarca "Mataron a Olivorio, mataron a Liborio", eran las palabras que corrían de boca en boca. Su cuerpo yacía atado a una escalera, envuelto en yagua de palma, mientras era arrastrado por una mula, que lo paseaba por el pueblito, para que todos los pobladores lo vieran y pudieran atestiguar, que Liborio estaba muerto en realidad. Lo pasearon hasta llegar a una placita, frente a la única iglesia que había en el lugar, dejando el cuerpo inerte de Liborio tendido en el suelo.

La joven María de Regla, se abría paso entre la multitud de personas que se habían aglomerado en torno al cadáver de Liborio y pudo contemplar con sus propios ojos, el cuerpo sin vida de Olivorio Mateo. María de Regla le preguntó a una señora que sollozaba inconsolablemente frente al cadáver de Olivorio. "¿Quién fue que lo mató?" y la señora hizo una pausa en su sollozo para responder a la joven María de regla "dicen que fueron los americanos que lo asesinaron", mientras se restregaba un pañuelo en los ojos para secarse las lágrimas.

Olivorio había nacido en las sierras sanjuaneras, en extrema pobreza, en el año de 1878, de su niñez se conoce muy poco, salvo que nació de una mulata virgen, la cual mantuvo su castidad hasta que fue fecundada por quién sería después su padre. Cuando Liborio cumplió los 15 años de edad, le ocurrió un acontecimiento que cambiaría su existencia para siempre. Hubo una gran tormenta, la cual llevó destrucción y muerte a la región sur, las fuertes lluvias inundaron los ríos y arroyos, el río Yaqué del sur tuvo una crecida y se desbordó de su cauce, inundando de agua grandes extensiones de terrenos. En medio de esas inundaciones, Liborio fue arrastrado por las corrientes de agua de la crecida del río Yaqué del Sur, desapareciendo en medio de la tormenta. Estuvo perdido para sus familiares por alrededor de nueve días, todos lo daban por muerto, víctima de la tormenta. El río arrasó todo a su paso. En medio de la tormenta Liborio luchaba por salvar su vida. La corriente era más fuerte que él, y Liborio no podía mantenerse a flote,

pese a los ingentes esfuerzos que hacía para no sucumbir.
Todos los acontecimientos que había vivido en su corta
vida llegaron a su mente, el oxígeno comenzó a faltarle, sus
pulmones empezaron a llenarse de agua y ya Liborio se había
resignado a perder su vida, se había encomendado al señor
de los cielos y de los mares: "Dios mío, hágase tu voluntad"
decía, mientras abría los brazos en señal de resignación
y entrega, luego cerró los ojos a la espera de que su alma
fuese perdonada y acogida por la misericordia de Dios. Se
quedó inmóvil por un momento, mientras su cuerpo se
sumergía en la profundidad del río caudaloso. De repente
una luz refulgente cubrió todo su cuerpo, una voz tenue
que transmitía mucha paz y tranquilidad, escuchó que le
llamaba, sentía como un susurro al mencionar su nombre:
"Liborio, Liborio despierta", le decía la voz. Liborio abrió
los ojos y pese a estar debajo del agua, notó que estaba
respirando normalmente. En el medio del resplandor de la
luz, vio la silueta de un ser que se acercaba hacia él, la silueta
se convirtió en la imagen de un ángel que le tendió su mano
y le dijo: "Liborio ven mí, acompáñame. Yo soy un enviado
de Dios y vine a salvarte, porque tu misión en la tierra aún no
se ha completado. Dios has de otorgar poderes de curación
para, que tú en su nombre y en el nombre de la santísima
trinidad de Dios, obre milagros, sobre los necesitados y
desvalidos de tu pueblo y sobre todo ser Cristiano, que
en ti creyera"-le dijo el ángel, mientras lo rescataba de la
fuerte corriente de agua. "Las tres cruces serán el elemento
distintivo de tu evangelio. La "Santísima Trinidad de Dios"
como el juramento de los fundadores de la sociedad secreta
La Trinitaria, que crearon los padres de la patria, para forjar

la nación". El ángel lo llevó ante la presencia de Jesús, quien le confirmó lo que el ángel ya le había informado al momento de su rescate. Después de estar por alrededor de nueve días recibiendo instrucciones directas de Jesús, Liborio, apareció de repente, mientras sus familiares le hacían el novenario, por su aparente muerte. Lo encontraron con los pies metidos en un hoyo, en un conuco propiedad de su padre, en posición prenatal, todos lo habían dado por muerto. Cuando la familia le preguntó que dónde había estado, Liborio le respondió: "yo estuve en un lugar bien lejos, en un lugar donde me llevo un ser de luz, un ángel del señor, que me rescató de la tormenta, de las aguas profundas del río y me transportó directamente ante la presencia Santísima de nuestro señor Jesucristo, quien me cubrió con su manto sagrado y comí de su cuerpo y bebí de su sangre", -le platicaba Liborio a sus familiares, mientras tomaba un vaso de agua, "ya te habíamos dado por muerto, todos vimos como el río te llevaba y te arrastraba hacia el fondo" - le decía su padre mientras lo abrazaba fuertemente", "y como cuántos días han pasado desde que cruzó la tormenta que azotó el pueblo"-, preguntó Liborio, con el rostro aún entre incredulidad y sorpresa,- "nueve días" - respondió su madre -sin saber de ti mi hijo lindo y querido". Liborio empezó a contar lo que le había ocurrido. El novenario, por su supuesta muerte pasó, de un ambiente luctuoso y fúnebre, a un ambiente festivo y alegre. Los atabales y cánticos se asomaron con energía, mientras todos bailaban y celebraban la llegada del nuevo Liborio, que venía como un nuevo Mesías a salvar y liberar a su pueblo de la miseria y la opresión en la que estaba sometido.

Tan pronto apareció Liborio, después de escaparse de los brazos de la muerte inició su misión sanadora y salvadora. Los milagros empezaron a sucederse unos tras otros, algunos los curaba con el poder sanador de sus santas manos, a otros le preparaba un brebaje de hierbas, plantas y agua bendita, que tomaba de un manantial, que brotaba de entre unas rocas, en una propiedad de su padre, conocido como la "Agüita de Liborio" el brebaje lo llamaba Liborio la "tirindanga" que era preparado por él mismo, con plantas medicinales. Liborio no aprendió a leer, ni a escribir, pero poseía una inteligencia natural, digna de todo líder. Su oratoria era extremadamente abundante, solía durar horas interminables conversando con sus seguidores. Podía predecir acontecimientos que ocurrirían en el futuro, decía Liborio: "La conquista y colonización de América" trajo consigo la imposición del cristianismo, como único sistema de creencias religiosas, los nativos o indígenas que eran politeístas, como otras grandes civilizaciones de otras latitudes del mundo. Fueron doblegados y diezmado por la imposición a la fuerza de su credo, Cristo está molesto por la forma en que estos conquistadores impusieron su credo y sus enseñanzas en el continente americano, por eso me envió a mí, para subsanar todas esas heridas y enmendar todos los errores y atropellos cometidos en su nombre, por los bárbaros europeos, Cristo me rescató del fondo del río, para que en su nombre proclamase las "buenas nuevas" del reino de los pobres y desamparados, Cristo me dio una brizna de su santidad y divinidad, introdujo el espíritu santo en mi corazón para que engrandezca su nombre y así hacer desaparecer y borrar todos los crímenes horrendos, las grandes masacres cometidas por los europeos en su nombre, para "cristianizar" a los pueblos que tenían otras creencias y que los conquistadores lo consideraban como salvajes. Me envió a mí a este pequeño pueblo, para que el mundo vea su grandeza y porqué desde este pequeño pueblo, se inició todas las barbaridades que cometieron los europeos en su nombre en el continente americano, los abusos y el despojo, de que fueron objetos, cumpliéndose aquel adagio que dice que "de fuera llegarán y de casa te echarán. Dios es amor - continuaba diciendo Liborio -y el cristianismo, sólo le entra a las personas por la vía del amor, no con la violencia, ni con el miedo -Liborio exclamaba-" quién lucha y muere por los pobres será salvo y nuestro señor Jesucristo os envió conmigo otro nuevo mandamiento: "No explotarás económicamente a tu prójimo", es inmoral-continuaba diciendo- que una sola persona, o que unas cuantas familias posean grandes extensiones de terrenos, mientras que cientos de miles de familias no posean ningún pequeño pedazo de tierra, en donde tan siquiera puedan enterrar su cuerpo cuando perezcan. Es sumamente inhumano, que con la riqueza acumulada por dos o tres familias se puedan alimentar miles de millones de personas en el mundo. La avaricia de estas pocas familias provocará otra gran guerra mundial que destruirá a casi todo ser viviente y solo sobrevivirán los que comprendan y practiquen el verdadero evangelio de nuestro señor. El verdadero cristiano, ni siquiera en sueños puede aspirar a ser rico. Dios nos hizo como las hormigas, una hormiga sola puede morir porque nació para vivir en comunidad, pero si se mantiene unida en su panal puede ser gigante. Así Dios creo a los seres humanos para vivir en comunidad por eso nos hizo seres sociales, para que vivamos en comunidad, mientras los ricos nos gobiernen, nunca habrá paz sobre la tierra, porque ellos siempre van a querer más y más, nunca podrán saciar su hambre de tener bienes materiales y dinero. Jesús no sólo se oponía a los ricos -continuaba diciendo Liborio- sino que también se oponía al mercado que lo sostenía, por eso pateó y destruyó todo los negocios que encontró en la casa de su padre. Dios es el dueño de todo lo que existe, él no privatizó, ni le dio título de propiedad a nadie. El verdadero objetivo de Dios al enviar a su hijo a la tierra no era sólo para que el muriera por todos nosotros, él lo envió para mostrarnos el problema de la distribución de la riqueza y para advertirnos sobre el peligro de que los ricos se apoderen de nuestra fe. Sólo habrá paz en el mundo, cuando los pobres entiendan, que no es la pobreza que hay que eliminar, si no a la riqueza, los pobres existen, porque existen los ricos, solamente, cuando nosotros los pobres entendamos que en el reino de nuestros señor Jesucristo no hay ni un solo rico, podremos vivir en armonía con la naturaleza y en paz entre los hombres, Cristo fue muy claro al decirnos: "más fácil pasa un camello por el ojo de una aguja, que un rico entre al reino de los cielos" y como yo nunca he visto un camello pasando por el ojo de una aguja, es imposible que eso ocurra, por eso os puedo asegurar que no hay un sólo rico en el cielo de nuestro padre. Quien no ha sufrido nunca dolores de hambre, no puede saber qué cosa es el hambre. Quién no ha sufrido de espasmos, ni de alucinaciones, por no haber ingerido alimentos por varios días, no conoce el hambre. Quién no ha sufrido de insomnio, ni se ha desvelado, porque el hambre no le permite conciliar el sueño, no puede saber que es tener hambre. El hambre no es una enfermedad, ni una epidemia, pero mata. Está apareció cuando un puñado de hombres, se apropiaron de los recursos que eran de todos. Las riquezas que eran nuestras, que Dios nos la dio para el disfrute de todos, cuando esto ocurrió apareció el hambre, junto a la propiedad privada y a la riqueza individual. Un mundo sin ricos puede ser posible, pero sin pobres es imposible, nosotros podemos vivir sin ellos, más ellos sin nosotros no. Vendrán tiempos en el que los seres humanos se alejaran de Dios, y peor aún querrán igualarse a él. Van a intentar imitarlo y recrearán la creación de la vida en la tierra y sólo crearán monstruos, que los mataran y los comerá. Se inventarán nuevas religiones que esclavizaran más a la humanidad, se asociaran con seres malignos de otros mundos, que también fueron creados por Dios y que se han descarrilado porque adquirieron un gran avance tecnológico y científico, que lo llevaron a arrasar con los recursos naturales de sus mundos y vendrán a la tierra a desolar nuestro mundo, como hicieron con el mundo de ellos. El desarrollo tecnológico no siempre será para favorecer a la inmensa mayoría de la población de los seres humanos, esta estará siempre disponible para las causas más oscuras del acaecer humano. Las ideologías desaparecerán -sentenciaba Liborio-, sólo se creará en el Dios de la oscuridad, en el Dios dinero, el cual lo poseerán muy pocas personas. Pero todos lo adoraran, desearan y veneraran. La historia continuará su curso de sangre y destrucción -decía Liborio- el rico cada vez será más rico y cada vez se irá alejando más y más de Dios".

Mientras Liborio obraba milagros, curando enfermos, le devolvía la vista a los invidentes, hacía caminar a los inválidos y llevaba un mensaje de paz y aliento, a los campesinos que laboraban la tierra en largas jornadas de trabajo, recibiendo un pago miserable y proclamaba su evangelio, el evangelio que le había transmitido el gran poder de Dios. Su popularidad iba en aumento, había trascendido ya los linderos de su comarca, las noticias de su misión sanadora se iban propagando, de pueblo en pueblo, cada vez más personas se iban integrando con devoción a su prédica, llegando a reunir inmensas multitudes de personas.

Los conflictos políticos se acentuaron en la nación, luego de haber pasado por una satrapía que había devastado el país, que fue endeudado grandemente por el tirano, tomando préstamos y empréstitos a compañías extranjeras, mayormente de capital norteamericano. La inestabilidad política del país constituía una "preocupación" para la joven potencia económica norteamericana, que comenzaba a imponer su hegemonía militar, económica y política, no sólo en el hemisferio, sino en todo el globo terráqueo, con la doctrina Monroe.

En el país los gobiernos se sucedían unos tras otros, por las acciones armadas de los llamados "caudillos", que eran hacendados regionales que poseían recursos económicos y armas para crear pequeños ejércitos y enfrentar a los gobiernos por medios violentos, incitando y apoyando revueltas y alzamientos armados. Ante esta realidad, el gobierno norteamericano decidió ocupar las aduanas del país, con la finalidad de recuperar sus inversiones, de préstamos, a través de las recaudaciones que se obtenían por los impuestos de las aduanas y cobrarse el dinero de la deuda que había adquirido el estado. En 1907 se aprobó en el congreso Dominicano, la Convención Domínico-Americana, en la cual se contemplaba que los Estados Unidos adquirieran el control absoluto de todas las actividades financieras del país, autorizándolos también a intervenir en asuntos políticos de la nación. Después de este convenio, las recaudaciones fiscales por conceptos aduaneros fue asumida por el gobierno de Estados Unidos, también todas las transacciones bancarias eran controladas por ellos.

Toda la inestabilidad política, derivada de las acciones armadas de esos caudillos regionales, ha sido denominada, como los tiempos de "concho primo", donde cada caudillo regional encabezaba una revuelta armada en contra del gobierno. Todos estos bochornosos procesos, trajeron como consecuencia, de que los Estados Unidos no se conformarán sólo con controlar las aduanas y finanzas del país, sino que decidieron invadir militarmente la República, hecho que fue consumado oficialmente el 26 de noviembre de 1916, con la proclama del capitán HS Knapp, oficial del ejército norteamericano.

La Convención Domínico- Americana, legítimo la ocupación por parte de Estados Unidos de la Isla, las tropas interventoras inmediatamente desplegaron una serie de medidas, con el supuesto objetivo de desarrollar la infraestructura económica, no se sabe con exactitud, cuántos se cobraron las fuerzas de intervención, por concepto de la deuda, mientras mantuvieron el país ocupado, pues cuando desocuparon la isla ocho años después la deuda se continuó pagando. Una de las medidas tomadas por los interventores, fue la del despojo de las tierras a miles de campesinos pobres y Liborio se opuso rotundamente a esta medida y así comenzaron las contradicciones entre Liborio y las tropas interventoras.

Como Liborio era un campesino pobre y no cobraba ni un centavo por curar, tenía que vender su fuerza de trabajo a los hacendados más caudalosos del Valle de San Juan de la Maguana, los cuales sometían a los trabajadores agrícolas a duras y largas jornadas de trabajo en condiciones de explotación y salarios pauperizantes. La proletarización del campesinado se había iniciado, con el surgimiento de una casta de comerciantes agrícolas, impulsados por las medidas económicas implantadas por el gobierno interventor. Las tropas interventoras promulgaron muchas leyes, dentro de tantas, promulgaron una ley para la regularización de la propiedad de la tierra, esta "ley" fue redactada en el idioma inglés, el lenguaje de los interventores, la inmensa mayoría de los campesinos no sabían tan siquiera leer y escribir en español, mucho menos sabían hablar y leer en inglés. Cuando el plazo para la regularización de la propiedad de la tierra caducó, la mayoría de los campesinos no pudieron regularizar sus propiedades, pues, desconocían la existencia de esa "ley", la gran mayoría de las propiedades de los campesinos fueron confiscadas por las autoridades interventoras, apropiándosela a compañías de capital norteamericano, otras fueron reclamadas por hacendados oportunistas que sabían de dicha ley y se aprovecharon para reclamar la tierra de algunos campesinos en su propio beneficio, de esa manera se despojaron miles de hectáreas de tierras a los campesinos de las diferentes regiones del país, esta forma amañada de expropiación de terrenos, llevó a Liborio a oponerse por medios pacíficos y luego violentos, al despojo de terrenos. Como lo hicieron los patriotas en otras regiones del país, como los mal llamados "Gavilleros del Este". Liborio llegó a enfrentar a las tropas interventoras en más de 15 oportunidades, saliendo victorioso en todos los combates. Liborio veía que con las nuevas relaciones económicas que estaban imponiendo los interventores y los hacendados, a los campesinos pobres, estos últimos llevarían la peor tajada, pues, él mismo había sufrido la rudeza del trabajo, ya que él también era un jornalero agrícola, que tenía que trabajar para sobrevivir. Las medidas que iban tomando las tropas interventoras estaban destinadas, supuestamente, a desarrollar la infraestructura económica. Iniciaron el despojo de miles de hectáreas de tierra a miles de familias campesinas pobres. Estos despojos hicieron que Liborio se opusiera a estos y así se iniciaron las contradicciones entre él y los ocupantes de su patria. Estos emitieron un ultimátum también escrito en el idioma inglés, para que los campesinos pudieran registrar sus terrenos y pudieran obtener sus títulos de propiedad. El plazo se venció y la gran mayoría de los campesinos no pudieron legalizar sus propiedades. Así Liborio hombre pacífico se convirtió en guerrillero, para luchar por el derecho a la Tierra, al pan y a un techo digno para los pobres. Su fe inquebrantable en el gran poder de Dios y de su hijo unigénito lo llevaron a enfrentar al ejército más poderoso y grande del mundo, incluso más fuerte y poderoso que el ejército que enfrentó Jesucristo en su tiempo. Desde su humilde y misteriosa sierra sureña, su destino estaba sellado, se había convertido en enemigo del imperio más poderoso del mundo, más poderoso que el Imperio Romano el mismo que llevó a Jesús hasta el monte Calvario para crucificarlo.

Las curaciones de olivorio se habían hecho más populares su mensaje de fe y esperanza crecía, en todo el país se conocía de su ministerio de fe y de las curaciones milagrosas que realizaba, en el nombre de Jesús. Los enfermos de casi todo el país se desplazaban por largos y tediosos kilómetros de caminos y carreteras en procura de su salud, las clínicas y hospitales no estaban siendo visitadas por los pacientes, todos querían pasar por las manos benditas y sanadoras de Liborio, para que él intercediera ante Dios, para recuperar la salud. Las iglesias y templos religiosos empezaban a quedarse sin feligreses en la región de San Juan, los domingos, todos querían escuchar la prédica de este nuevo Mesías, encantaba y fascinaba con su oratoria sencilla, que Dios le había proporcionado para que los humildes de corazón y de alma lo entendieran, cuando le escuchasen hablar. Las multitudes de personas que arrastraba Liborio, con su retórica, era como si el propio Jesucristo bajaba del cielo y ponía sus propias palabras en los labios de Olivorio. Las tres cruces invadían los patios de las casas de casi todos los hogares del Sur, en señal de culto y devoción a Liborio, toda esta devoción y culto a la figura de Liborio empezó a provocar recelos en la cúpula del clero católico en San Juan de la Maguana y empezaron a difamarlo, tildándolo de brujo, cada milagro, cada acto de curación que obraba Liborio era catalogado por las autoridades eclesiásticas como un acto de hechicería y brujería. Los médicos se estaban viendo afectados por estas curaciones, pues casi no estaban recibiendo pacientes, porque todos querían ser curados por las santas manos de olivorio, con la tirindanga y la jucusión, estaba sanando a todos los enfermos que lo visitaban.

La prédica de amor y paz, el nuevo evangelio que Jesús le había transmitido, estaba penetrando en las entrañas de los desposeídos y marginados y ciudadanos comunes del país. Él sólo quería defender a los pobres y curarlos de cuerpo y alma, para que siguieran el camino de Cristo. "La tierra" -decía Liborio- es de aquel que desde que el sol sale hasta que se oculta esparce su sudor, su trabajo y su sangre abonándola, para obtener el fruto que te alimentaras, de qué nos sirve tener dinero -continuaba diciendo- si vemos a nuestros semejantes morir de hambre. Pero en nuestro país y en el resto del mundo los ricos y poderosos son los que poseen el control de la fe, son los dueños de la iglesia, nos hacen profesar la fe a un Cristo creado a su imagen y semejanza. A Cristo lo crucificaron los ricos y poderosos de su época, esos mismos ricos y poderosos que hoy me persiguen a mí. Yo le rezo al Cristo que le dijo a Saqueo, regalad todos tus bienes y riquezas a los pobres y seguidme. Jesús fue perseguido- continuaba diciendo Liborio -no Porque él se proclamará como el hijo de Dios, sino, porque Jesús proclamó la iglesia de los pobres y que los liberaría de la explotación y la esclavitud. A mí me persigue el clero, porque ellos, al igual que los que persiguieron a Jesús representan a los ricos, mientras yo al igual que Cristo, proclamó que la tierra es de quien la trabaja, que las riquezas de la tierra es para que todos las disfrutemos y no para un puñado de personas que la ostentan y son dueños de toda la tierra. Mientras nosotros los campesinos sembramos y hacemos parir la tierra, de los frutos de esta lo único que obtenemos es una pequeña paga y encima de todo eso, esa pequeña paga tenemos que gastarlas en las tiendas y bodegas de quienes nos pagan ese pequeño salario. ¿Quién tiene la verdad sobre Cristo?- preguntaba Liborio - aquellos ricos y poderosos qué aliados al César y su imperio todopoderoso lo pegaron con clavos en una cruz para que no se despegara y luego edificaron grandes Iglesias y templos en su honor después oficiaron misas en su nombre y posteriormente comen el cuerpo de Cristo y beben su sangre en bandejas y copas de oro macizo, mientras mueren miles de personas por no tener que comer ¿era eso -preguntaba Liborio -, lo que Cristo tenía realmente para nosotros?, la gran verdad de nuestro señor Jesucristo, no está en la arrogancia, ni en la prepotencia para dominar y doblegar a los siervos y feligreses, la verdad está en la humildad y en la justeza de nuestros actos.

Los sermones aburridos e insípido de los curas pueblerinos, junto a la unión con los sectores oligárquicos latifundistas y a las tropas invasoras, había provocado en la gente común cierta apatía, porque el mensaje cristiano que llevaban a las personas en vez de atraerlo, los alejaban más, de aquel Cristo bondadoso, humilde y misericordioso, mientras Liborio los atraía y les hacía ver a la gente su santidad, que emergía de su interior, tanto espiritual como física y le devolvía la salud a los que tenían fe en él y en Jesucristo y le conectaba con un Dios y un Cristo diferente, que buscaba el bienestar común para todos, en especial para los humildes. El evangelio de Liborio, era un evangelio único y nuevo, la base de sustentación teológica de este pensamiento era el cristianismo social, en el cristianismo se fundamentaba el liborismo, pero con una interpretación del sentir religioso autóctono, un cristianismo sin la influencia del Vaticano y otras doctrinas exógenas que lo distancia del sentir y el ser nacional, Liborio decía: "la serpiente se cambia de piel, pero sigue siendo serpiente, la oruga se transforma en crisálida y luego en mariposa y no vuelve a ser oruga nunca más, debemos ser mariposas, liberarnos del pecado y el egoísmo, del odio y la maldad, no sólo de palabras, sino de corazón, cambiar para siempre, como la oruga y no ser pecadores nunca más, como las serpientes, que aunque se cambian de piel, siguen siendo pecadoras, pero -seguía diciendo Liborio- he alimentado serpientes que hoy se vuelcan contra mí, mordiéndome, pero estoy inmune a esas mordidas, pues me han mordido tantas serpientes que el veneno no me hiere, por el contrario me hace grande y fuerte" anticipándose a las traiciones posibles que le ocurrirían en el futuro. Mientras menos objetos materiales obtenemos, más surtirá efecto la mano bondadosa del Dios padre, yo estoy aquí para redimir a los oprimidos de fe y esperanzas y mi poder concedido por el Santísimo de los cielos obrará sobre ellos con más fervor, porque de ellos es el reino de Dios, Cristo me otorgó el don de la sanación, quien creyese en mí será salvo. El clero, con sus grandes Iglesias, han establecido un contrato con los ricos, quienes están aliados al país más poderoso sobre la faz de la tierra, para despojarnos de la única riqueza que ha sido concedida por Dios para los pobres y con la ayuda de Dios y con todos y con todas las fuerzas de mi alma defenderé el derecho natural de todo campesino a poseer un pedazo de tierra. Yo lucharé siempre por la justicia social, la justicia económica y política y cuando ya no esté entre los vivos y me encuentre en la diestra de nuestro señor Jesucristo, lucharé por la justicia divina" exclamaba Liborio a todo pulmón.

La ocupación militar norteamericana de la Isla, llevaba más de 5 años dominando el poder político de la nación. Cada vez era mayor el movimiento de Liborio, se fueron sumando más adeptos en torno a su prédica, miles de personas incluyendo perseguidos que habían enfrentado a las tropas invasoras en otras regiones del país, muchos de estos portaban armas de fuego y Liborio le permitió integrarse a su lucha a pesar de que su lucha era pacífica. Los seguidores de Liborio llegaron a sumar más de 3.000 personas, algunos estaban fuertemente armados con pistolas, rifles, machetes, puñales, palos y piedras. Liborio no portaba armas de fuego, sólo el poder de la oración. Él y sus seguidores habían enfrentado a los Invasores en más de 15 batallas saliendo victorioso en todas ellas ya Liborio era un peligroso oponente de los planes imperialistas de dominación en la isla, los ocupantes sólo querían eliminarlo físicamente, mientras, Liborio sólo quería sanar personas y curarlas de cuerpo y de alma, como Dios y Jesús se lo habían encomendado, lo acusaban de delincuente, como acusaban a todos los que se oponían a ellos y le tildaron de hechicero" no le ofrezco únicamente una salvación individual y espiritual -decía Liborio- a mi pueblo vengo también a liberarlos de la opresión social y terrenal. Que nos imponen los ricos. Dios quiere que seamos libres, tanto en espiritualidad como en sociedad. Dios quiere que oremos y que cumplamos sus mandamientos y las enseñanzas que nos envió a través de los grandes profetas y de su hijo unigénito, pero también Dios quiere que trabajemos y que poseamos un pedazo de tierra para poder saciar nuestras necesidades terrenales. La tierra es de todo el que la trabaja y los frutos de esta es para el disfrute de quien la siembra y la pone a parir, debemos practicar una santidad espiritual y al mismo tiempo una santidad social, siguiendo las reglas que nos legara nuestro señor Jesucristo, debemos vivir reconciliando lo que creemos con lo que hacemos, no creer en una cosa y hacer otra en nuestras acciones cotidianas, nuestra prédica va dirigida contra la opresión, la opresión social y espiritual. No porque tu asista puntualmente a la Iglesia y porque pague tu diezmo regularmente será salvo"- sentenciaba Liborio.

Liborio fue sorprendido y cercado por las tropas de ocupación y el grupo élite del ejército de los Estados Unidos que le perseguía, Liborio agrupó a sus fieles en medio del cerco militar y le dijo "nosotros vamos a salir de ésta situación como hemos salido de otras tantas en otras ocasiones, lo único que les voy a pedir es que oigan lo que oigan, vean lo que vean y pase lo que pase, no miren hacia atrás". Los soldados empezaron a disparar contra Liborio, este hizo unos gestos con sus manos, luego hizo la señal de la cruz, las balas empezaron a devolverse contra los soldados que la disparaban. Liborio ordenó a su gente que se retiraran, cuando éstos empezaban a retirarse un hijo de Liborio miró hacia atrás y !zas! una bala le atravesó el pecho, hiriéndolo gravemente, Liborio inmediatamente acudió en su ayuda, le dijo a sus fieles y a los partidarios milicianos que le acompañaban "continúen corriendo, no se detengan y no miren hacia atrás, que no les ocurrirá nada si siguen mis instrucciones"- se acercó a su hijo y le reclamó- "te dije que no miraras hacia atrás" y este le replicó- "Lo siento mucho padre por haber desobedecido tus palabras" suspirando su último aliento de vida. "La Vida es el camino que recorremos para llegar a la muerte -le dijo a su hijo mientras este se desvanecía en sus brazos-ahora vivirás en forma de luz". El poder de la oración de Liborio se rompió, quedando a merced de los soldados invasores, quienes empezaron a dispararles inmisericordemente en el pecho, destrozándole el corazón. Liborio cayó de rodilla abriendo los brazos en señal de misericordia, exclamando-" Dios mío tú me diste este poder y me has encaminado hasta aquí, tuya es la gloria y tuya es la decisión. Soy un soldado de tu reino, has con mi vida lo que quieras, pues tú me la diste y me salvaste de las profundidades del agua y sólo a ti te pertenece", "por qué no te salvas a ti mismo si eres un enviado de Dios" le gritó un soldado nativo que fungía de guía al ejército invasor. "Yo ya estoy salvo- respondió Liborio-tu eres quien tiene que salvarte", mientras los soldados continuaban disparando y las balas continuaban incrustándose en su cuerpo, él permanecía arrodillado implorándole al gran poder de Dios por su destino- "Hijo mío ven te necesito a mi lado -le dijo Jesucristo - ya tu obra y tu legado perdurará eternamente en la memoria y los corazones de tu pueblo"- acto seguido Liborio se desplomó y quedó tendido boca abajo en el suelo, con los brazos abiertos de par en par. Sus seguidores y acompañantes lograron escapar sanos y salvos de la emboscada. Cientos de balas fueron suficientes para terminar con la existencia terrenal de Olivorio. Este quedó inmóvil los soldados invasores, asombrados e incrédulos se miraban entre sí, acercándose lentamente hacia su cuerpo inerte, cuando llegaron donde él yacía tirado, un soldado le dio la vuelta al cuerpo con los pies. El cielo inmediatamente se oscureció de repente y un silencio sepulcral se apoderó del lugar, los árboles y las ramas de estos permanecieron estáticas, las aves cesaron sus vuelos, los animales salvajes permanecieron ocultos, el viento hacía un silbido luctuoso. Al voltear el cuerpo de Liborio su rostro en vez de mostrar señales de dolor esbozaba una gran sonrisa, que denotaba paz y tranquilidad, pese a la violencia con que fue asesinado, con su pecho destrozado por el plomo de las balas, parecía como si estuviese dormido. La tierra empezó a moverse al momento en que Liborio daba su último suspiro de vida en la tierra. Liborio fue sepultado. Sus seguidores llegaban de todas partes del país, empezaron a copar los parques y plazas de la comarca, querían enterarse sobre la veracidad de su muerte. Tantas personas juntas en una comunidad pequeña constituían un peligro para la seguridad pública, cada vez llegaban más y más personas, las autoridades eclesiales y municipales, junto a las tropas interventoras decidieron que el cadáver de Liborio debía de ser enterrado en un lugar desconocido, para evitar que su tumba se convirtiera en un centro de peregrinación de sus fieles, a hurtadillas fue desenterrado por las autoridades, ya habían transcurrido tres días de su fallecimiento. Los trabajadores que estaban participando en el desentierro notaron que el ataúd se sentía liviano y vacío, cuando destaparon el ataúd comprobaron que ciertamente su tumba estaba vacía, el cuerpo de Olivorio no se encontraba en el ataúd que ellos mismos habían depositado en el cementerio tres días atrás. Uno de los desenterradores filtro entre la multitud la noticia de que habían desenterrado a Liborio y en su tumba no se encontraba su cuerpo, la multitud empezó a vociferar "Liborio resucitó, Liborio no ha muerto"- una gran algarabía se apoderó de los seguidores de Liborio, quienes lo habían visto muerto, como la joven María de Regla, no podían salir de su asombro, empezaron a proclamar que Liborio estaba vivo que había resucitado. Uno de los más fieles colaboradores de olivorio que se encontraba en los campos de Samaná a cientos de kilómetros de donde Liborio había sido aniquilado físicamente estaba allí, en una misión de sanación que Liborio le había encomendado y que desconocía totalmente la suerte que había corrido el cuerpo de Liborio, este se le apareció y mostrándole su pecho destrozado le dijo -"Yo no le tengo miedo a la muerte sólo le tengo respeto, mi paso por este mundo terrenal, estaba determinado por Dios, yo pasaré a ser una llama infinita y mi llama flameara, por todos los montes, colinas y montañas del país y en esas tierras del sur olvidadas por los hombres. Yo estoy aquí para enseñarle el nuevo camino para llegar a nuestro creador, en este mundo actual, el dinero sustituirá las creencias, todo el mundo aspirará a tener mucho dinero. Ya nadie soñara con una sociedad justa y equitativa; el dinero te dará prestigio y relevancia social, las gentes pensarán que mientras más dinero se obtenga mayor será su reconocimiento en su comunidad y no saben que esto sólo lo alejara cada vez más de nuestro Dios, Jesucristo se antepone a este criterio,- continúa diciendo olivorio "los balazos de la vida algunas veces te aturden, otras veces te asustan, otras tantas te hieren y otras veces te matan, pero si te dejan vivo te hacen crecer y te hacen eternos. Mira las huellas de los balazos en mi pecho, ellos sólo me han llevado hacia mi destino final, a la diestra de nuestro creador. Sí tú crees en mí será salvo, porque "yo soy la reencarnación y la vida eterna" que vine a cumplir la misión que me legó nuestro padre -mostrándole su pecho, con las señales de las heridas que las balas le habían producido- le dijo "Tócame y siénteme, -el discípulo le tocó asustado- quien tenga fe en mí, que crea y quien no tenga fe que no crea, mi prédica es de amor, y a Cristo solo se llega amando. Anda, ve a pregonar a mis fieles que me ha visto, yo retornare junto con mi señor Jesucristo, prédica mi evangelio, el evangelio de la emancipación de la pobreza y de la sanación del cuerpo y el alma "elevándose hacia el cielo instantáneamente". La lucha entre el bien y el mal, es la lucha entre los ricos y pobres. Sólo la muerte, nos pone a los ricos y pobres de una manera horizontal de igualdad, ante la presencia Santísima de nuestro Dios, y ante este escenario, los pobres tendremos las de ganar, conoceréis la verdad y la verdad os hará libre". Su cuerpo nunca fue encontrado y desde hace casi cien años, dicen en la sierra sanjuanera, qué Liborio no ha muerto na. La muerte llega, cuando todos te olvidan, mientras exista tan siquiera, una sola persona que te tenga en su memoria y te recuerde, nunca morirás. Por eso, pervive la creencia de que Olivorio y su espíritu aún pululan por esos recónditos lugares del Sur, donde el mito es realidad y la realidad no existe.

MI TRAUMÁTICO ENCUENTRO
CON UN MICROSCOPIO

Corría el año de 1984, yo soñaba con la utopía y veía la sociedad en que vivía, como una sociedad caduca, descompuesta y a punto de ser transformada, la tesis del activista político Rafael Taveras (Fafa), de la "revolución inminente" traída y puesta sobre el tapete por el profesor Virgilio, era el tema de análisis en los debates de los grupos estudiantiles y en los corrillos y tertulias, del mundillo intelectual y académico del Liceo nocturno Gral. Antonio Duvergé, en la ciudad de Santo Domingo, donde un servidor cursaba el bachillerato. Nos llenaba de entusiasmo y de esperanza, esta tesis porque ese cambio social, que tanto deseábamos, según esta tesis, estaba aparentemente, al doblar de la esquina y nos dejó esperando, pues, ese cambio nunca llegó. Virgilio era un profesor entusiasta, que siempre estaba innovando y motivando a sus alumnos, en las asignaturas que impartía, específicamente en la de biología y ciencias naturales. Gracias a él, no tuve ningún inconveniente para pasar la asignatura de biología 011, en la Universidad Autónoma de

Santo Domingo, cuando ingresé a ese centro de estudios superiores, años después.

Mi primer encuentro directo con un microscopio, fue precisamente de las manos de este inquieto y apreciado profesor, que en su clase de biología nos había prometido a todos sus alumnos, llevarnos a la clase, para que pudiéramos comprender mejor su asignatura, un microscopio. Cursaba yo, el tercer año del bachillerato, cuando estábamos tratando sobre el tema de la célula y su complicada estructura molecular, nos ofreció a todos sus alumnos llevarnos dicho instrumento, para que pudiéramos observar con nuestros propios ojos, la estructura del organismo viviente más pequeño que existe, sobre la faz de la tierra. Yo más que emocionado estaba extasiado. El hecho de poder ver a través de un microscopio me hacía sentir como un gran científico e investigador biológico, me imaginaba ver, el minúsculo ser microscópico, desplazarse de un lugar a otro, lo veía alimentándose por los pelos absorbentes, observaría los cromosomas y hasta casi me imaginaba tocando con mis manos, la membrana celular, cosas que sabía que existían, sólo porque los libros de textos que leía lo decía y a través del microscopio, podría comprobar y confirmar con mi propia experiencia, que ciertamente, la célula era un organismo, que realmente, era existente y que este minúsculo ser tenía vida propia. Llegó el día de tan esperado momento, todos pensábamos que el profesor nos fallaría otra vez y ocurrió lo inesperado, el profesor Virgilio había cumplido con su promesa, se apareció en el liceo, con el referido y anhelado microscopio, no sé de dónde lo había conseguido prestado, lo que sí, sé es que yo no podía creerlo, que yo iba a poder observar una célula por un microscopio. Varias veces nos había prometido llevarlo y no lo hacía, siempre ponía una excusa, pero en esta ocasión, sí cumplió con su promesa. Lo puso sobre su escritorio y nos dijo "hagan una fila," no sin antes advertirnos de que ese instrumento era muy delicado y que estuviéramos mucho cuidado de no romperlo. Todos los estudiantes salimos corriendo para alinearnos en una fila, porque todos queríamos ser los primeros en observar por el microscopio. Cuando yo vine a llegar a la fila, delante de mí ya habían como 20 estudiantes, que me habían tomado la delantera y se habían colado antes que yo para poder observar el maravilloso microorganismo, bueno no caí en un mal lugar, tomando en cuenta que la matrícula de estudiantes, era más de ochenta estudiantes apiñados en el aula Pacientemente, espere a que llegase mi turno, mientras hacía la línea tomé mi libro de biología y me puse a repasar el capítulo referente a la célula vegetal, específicamente lo relacionado con el proceso de "Mitosis", puesto que era una célula vegetal que observaríamos a través del microscopio y yo no me quería perder ni un solo detalle de tan interesante proceso. Escuchaba los comentarios de los compañeros que ya habían visto la célula, antes que yo, que maravillados y llenos de entusiasmo comentaban entre sí, los pormenores de los movimientos realizados por los microorganismos: "viste como se movía", "que clara se ve". Comentarios que me llenaban de expectativas, yo me decía en mis adentros, dándome ánimo, bueno vale la pena esperar para poder ver esa maravilla de la naturaleza y de la creación divina. Le rogaba a Dios para que no fallara la energía eléctrica, puesto que era un Liceo nocturno, y los cortes de energía eléctrica eran el pan nuestro de cada día en aquel tiempo, en el Liceo en el cual estudiaba, éstos apagones eran frecuentes y constantes y uno de ellos en ese momento frustraría mi gran ilusión de poder observar una célula en movimiento y con vida, con mis propios ojos, y si se producía ese apagón, sabría Dios cuánto tiempo tardaría para que el profesor volviera a conseguir que le prestarán el microscopio otra vez, para poder llevárnoslo a la clase. No sé cuánto tiempo tuve que esperar, para realizar éste sueño, probablemente, más de media hora, en un momento hubo un bajón de energía eléctrica, pero mis plegarias y oraciones al altísimo, fueron escuchadas y el nivel de la electricidad volvió a elevarse y las bombillas a iluminar con mayor esplendor. Figúrate el caos que se armaría en el salón de clases si se producía ese apagón en ese instante, sería inenarrable, la oscuridad intensa que se producía cuando ocurría un apagón, cada quien tratando de ir a recoger sus pertenencias y útiles escolares. Los pupitres y butacas, diseminados por el suelo en medio de la oscuridad, era un infierno en las tinieblas de la noche, sería un desorden total. En muchas ocasiones el apagón se producía en medio del recreo y se formaba un tremendo alboroto. Habían muchos desaprensivos que se dedicaban a incentivar el desorden, en una ocasión en medio de la oscuridad de un apagón, alguien arrojó una piedra y golpeó a un respetado profesor de apellido Liz, el cual por el efecto de la pedrada, se desplomó por las escaleras de la entrada del Liceo, produciéndole fractura en una pierna, haciendo que el profesor Liz se mantuviera fuera de la actividad del magisterio por más de un año. Nunca se supo quién arrojó la piedra que le pegó al profesor. En esos años de inmadurez e indecisiones, quería ser un biólogo o quizás un gran médico, mientras esperaba que llegase mi turno, me visualizaba, haciendo grandes estudios e investigaciones. Por fin, es mi turno, me preparo bien, pues no me quiero perder ni un solo instante, ni el más mínimo detalle de tan esperado acontecimiento, cuando me inclino para posar mis ojos por los lentes del microscopio, detrás de mí escucho una pequeña discusión sobre quién estaba delante en la línea, se produjo un forcejeo entre los dos estudiantes que se disputaban su lugar en la fila, en ese instante al estudiante que se encontraba parado justo detrás de mí lo empujaron y este, a su vez, por el principio de inercia, me empujó a mí, y mis ojos se clavaron en el lente del microscopio, lo que alcancé a ver fueron unos destello de luz, como un relámpago, volví a posar mis ojos en el lente del microscopio, pues no quería desaprovechar la oportunidad de mi vida de mirar por un microscopio, en esta ocasión lo que vi fueron gotas de aguas, pues mis ojos habían empezado a lagrimear, me estrujo los ojos, para secar las lágrimas. Me dije" ahora sí podré ver la asombrosa y maravillosa célula", y cuando volví a posar mis ojos en la mirilla de los lentes del microscopio, lo que vi fueron nimitas, en vez de ver por el microscopio lo que recibí fue piquetes en los ojos, cómo le hacían los luchadores a sus contrincantes y adversarios. Hasta ahí llegó mi entusiasmo por convertirme en un gran investigador del mundo científico y microscópico. Pues durante todo el bachillerato esa fue la única oportunidad que tuve, para poder observar el minúsculo ser y mis expectativas quedaron frustradas tras el accidentado incidente. Nunca pude saber a ciencia cierta si las lucecitas que vi aquella noche, fueron células o no, sino hasta varios años después que me inscribí en la Universidad y pude darme cuenta que aquella noche de gran entusiasmo lo que pude ver por el microscopio no fue una célula. Sino el reflejo del empujón y de los lentes del microscopio que se incrustaron en mis ojos por efecto del empujón.

EL DICHOSO

Cuando nació, no respiraba. Su rostro se tornó de un color púrpura. En la habitación se escuchaban los comentarios de las comadronas: -"ya no hay más nada que se pueda hacer" - Decía la comadrona principal, a su joven asistente.

La puerta de la habitación se abrió bruscamente y una de las hermanas de la parturienta, salió precipitadamente, con los ojos llenos de lágrimas. Estaba apresurada y sin mediar palabras con nadie salió de la habitación y se alejó, en busca de su padre que se encontraba esperando en una casa contigua. En breves minutos, apareció Jesús María, caminando deprisa, con el rostro adusto y preocupado, se adentró en el aposento, en donde una de sus hijas acababa de dar a luz, un niño mortinato. El niño, aún presentaba sus signos vitales. En la sala de la casa, se encontraban aglomerados algunos parientes y amigos de la familia, que se miraban a la cara unos a otros, llenos de asombro y preocupación. Todos permanecían callados, como esperando escuchar alguna noticia, buena o mala, pero una noticia al fin y al cabo, que le dijera lo que estaba ocurriendo dentro de la habitación. El embarazo había transcurrido normal, era la cuarta vez que la parturienta, pasaba por un proceso de alumbramiento y todos los anteriores habían sido alumbrados sin ningún tipo de problemas. Dentro de la habitación, se escuchaba el murmullo de Jesús María Sánchez, quien elevaba una oración, al creador, invocando su misericordia. Nadie sabía a ciencia cierta lo que estaba ocurriendo en la habitación. Hacía casi seis horas, que los dolores de partos se habían apoderado de la hija de Jesús María Sánchez, lo que debería haber sido un parto normal, al parecer se había complicado. Los rumores que se escuchaban era, de que al niño se lo había estado chupando una bruja dentro del mismo vientre de su madre, otros menos supersticioso decían, que se le había enredado el cordón umbilical en torno a su cuello y esté lo había asfixiado, impidiendo que los jóvenes pulmones del recién nacido, pudieran funcionar con normalidad, imposibilitando que estos, pudieran tomar el oxígeno suficiente del aire, como para poder llevarlo a la sangre y a los demás órganos de su cuerpecito. El ambiente, se tornaba pesado, era una mañana calurosa, sofocante, típica de los tiempos de la Cuaresma en la región Sur. Jesús María, mandó a buscar un cachimbo con tabaco. Lo encendió, mientras fumaba arrojaba el humo del cachimbo en la cara del niño. El recién nacido, no reaccionaba, su carita de un color púrpura oscuro, pasó a tornarse a marrón. La habitación se copó toda de humo, que se colaba entre las rendijas de madera, hacía la sala de la casa, en donde se encontraban los parientes y el olor del tabaco se sentía muy fuerte. Los pulmones de los presentes comenzaron a respirar con dificultad, por la gran cantidad de humo del tabaco esparcido en la casa. Jesús María, tomó al niño por los piecitos y lo levantó, acercó sus oídos al pecho del niño y apenas podía escuchar sus latidos del corazón, este latía tan imperceptible, que no parecía que estuviera latiendo. Elevó una plegaria al altísimo, por tercera ocasión, roció, un poco de agua bendita, en el cuerpecito del niño. Jesús María, salió de la habitación sudorosa, se dirigió al patio de la casa, tomó una bocanada de aire fresco y regresó rápidamente a la habitación. Abrió la boca del niño y tapándole la nariz expulsó el aire dentro de la boca del niño. Volvió a realizar esta acción, por dos ocasiones más. El niño permanecía inerte. Jesús María, sabía que el tiempo de vida del niño se estaba agotando y que la vida del niño dependía de la fe y las acciones y decisiones que él tomaría en lo adelante. No había un médico en muchas millas a la redonda y las posibilidades de sobrevivencia, cada vez eran más escasas. Las parteras permanecían aún en la habitación, observando desde un rincón, cada uno de los movimientos que Jesús María realizaba. Luego de la tercera ocasión que le aplicó la respiración artificial boca a boca, se percató de que por las fosas nasales del bebé, empezó a emanar una sustancia mucosa, acto seguido tomó una perita y empezó a retirar de la nariz del niño, la sustancia que estaba expeliendo, por está. Inhalo nuevamente el cachimbo y exhalo el humo sobre la cara del niño. Éste Inmediatamente después de esta acción, empezó a agitar su pecho y su corazoncito a latir incesantemente, los pulmones del niño inhalaron el humo del tabaco, que se encontraba esparcido por toda la habitación, carraspeo un poco su garganta y empezó a toser. Su abuelo esbozó una sonrisa y exclamó en sus adentros "Gracias Dios mío por entregármelo". El niño comenzó a gritar, fuertemente. Al escuchar el llanto del niño, los parientes que se encontraban en la sala, esperando por el desenlace, comenzaron a sonreír y a abrazarse entre ellos. El niño gritaba a todo pulmón, de un ambiente de tristeza e incertidumbre se pasó a la alegría. Jesús María, salió de la habitación todo sudoroso, expulsando la última bocanada de humo del cachimbo. Los parientes contentos, lo esperaban en la sala. Este al salir de la habitación risueño y eufórico, con voz profunda, exclamó: "Ya es de vida, es un dichoso, Dios quiso que se quedara con nosotros". Madre e hijo salieron airosos de esta prueba. Y desde entonces el sobrenombre del niño que le ha acompañado hasta ahora, es el de DICHOSO.

DE PROLETARIO A BURGUES

A finales de los setenta y principios de los años ochenta, su vestimenta consistía de unos pantalones Mahoma, con una camisa de Kaki, con las mangas remangadas, acompañada, con unas zapatillas de piel. Asumió un discurso "dialéctico filosófico", hacía la defensa de los intereses de los desamparados, oprimidos y marginados, por el sistema social, sin saber claramente "con que se comía eso". Onofre Campusano, había emigrado desde los confines del Sur profundo, hacia la capital de la República, en procura de lograr canalizar sus inquietudes y aspiraciones políticas, económicas y sociales. Estudió una licenciatura en pedagogía, mención ciencias sociales, en la Universidad del pueblo, primada de América y así se enroló en el sistema educativo nacional, obteniendo el prestigio social, que brinda, el privilegio de ser considerado y reconocido, como un profesor. El conflicto social, era fuerte y atroz. Las ideas políticas se debatían con gran pasión. El romanticismo social deslumbraba la conciencia de los jóvenes de la época, quienes alimentaban la idea del progreso social a la luz del cambio estructural de la sociedad obsoleta, por eso se le escuchaba teorizar en las tertulias y reuniones partidista expresiones como la siguiente: "Miré compañero la confrontación entre el trabajo y el capital, conllevará irremediablemente a la supresión de una de las clases en pugnas, por lo tanto, nosotros como vanguardia revolucionaria, debemos estar preparados para asumir nuestro compromiso de dirigir a las masas desposeídas cuando se produzca la hecatombe, que dará al traste con este sistema caduco, lleno de desigualdad y explotación". Después de militar en varios partidos, de los llamados revolucionarios, o de izquierda, durante la llamada guerra fría, se afilió a un partido de los llamados tradicionales, como consecuencia del derrumbe de la interpretación Soviética del comunismo. Como profesor era metódico y apasionado, se preocupaba por explicar claramente los acontecimientos históricos con la mayor objetividad posible, el pensamiento duartiano, nutria su accionar político, las ideas duartianas emergían como manantiales cristalinos, que iluminaban su accionar. Se inició como todo militante de un partido que cree en la vocación de servir a la patria y a los intereses de los más desposeídos. Sus intereses profesionales y gremiales los defendió vehementemente, hasta lograr presidir el gremio que agrupaba el sector profesional en el que él se desempeñaba. Todo estaba bien, durante el tiempo en el que su partido estuvo en la oposición política. Al terminar la guerra fría, su partido sufrió una serie de cambios y transformaciones de principios político ideológico, que en poco tiempo, producto de una adecuación y pactos con organizaciones ligadas a la tradición política dominante, su partido logró ubicarse en una posición de preferencia electoral y pudo pasar de ser la tercera fuerza política a convertirse en la primera fuerza. Vivió de primera mano todas las perspectivas del hambre, en todo su esplendor, desde el estómago gruñir, como si estuviera una fiera en su interior por no haber ingerido alimento alguno, hasta el insomnio por tener la despensas intestinales vacías y sin la certeza de poder llenarla al día siguiente. En los años de estudiante en la Universidad, se dedicaba a pedir dinero a sus amigos y conocidos, en los pasillos, para poder pagar su transporte desde su casa hasta el alto centro de estudios. Su índice académico fue excelente, aunque no con honores.

De repente y por sorpresa del destino, el dirigente político y profesor se vio de pronto en una posición pública, en la que debía demostrar su honradez y los principios por los que había luchado toda su vida. Dios le concedió la oportunidad de demostrar que la acción política y los principios, no son simples posturas, de discursos trasnochados y sin fundamentos, que elucubramos en determinados momentos de nuestra existencia. En un principio empezó a tomar decisiones que favorecieron a los demás y acordes a sus creencias. Luego el manejo de muchos recursos económicos y el uso de los beneficios del poder, le fue mermando la solidez de los principios y de ser un servidor público, pasó a servirse de los recursos públicos. Todo aquello que otrora él condenaba de gobiernos de otros partidos, empezó a reproducirlo desde el poder. Los vinos caros y los quesos exquisitos fueron transformando sus gustos culinarios y de comer conconetes y beber Mabi, paso al champagne y al caviar, de las frituras y el bofe, al filete mignon y al churrasco. Poco a poco, se fue olvidando de los pobres y oprimidos, en poco tiempo fue acumulando una gran fortuna. Su partido consiguió en base a elecciones amañadas, conservar el poder político por varios periodos electorales continuos. Su vida fue transformada enormemente. De una casa modesta, en un barrio de clase media baja, se movió hacia una torre famosa, ubicada en una zona exclusiva de la capital dominicana. Cuando en una ocasión fui a visitarlo al Ministerio que dirigía, para solicitarle un empleo, para un amigo en común, me presenté en su antedespacho a su secretaria, diciéndole quién era yo, la secretaria me recibió sonriente y con mucha amabilidad, ella se comunicó con él por medio del intercom, al escuchar mi nombre y enterarse de que yo estaba ahí en su antedespacho se alegró mucho y lo escuché decirle a la secretaria, que lo esperará unos minutos que estaba en una reunión muy importante, pero que no me fuera que él me atendería tan pronto se desocupara, le dije al amigo en común que se encontraba junto conmigo y me había dicho que el Licenciado Onofre Campuzano no era el mismo que habíamos conocido en la Universidad, que él era otra persona, le dije al amigo" ves que no era como tu dice, que cuando él supiera que yo estaba aquí él saldría a recibirme inmediatamente. Pues los lazos y amistad que cosechamos en nuestros años de estudiante no lo quebrantaría ninguna posición ni ningún título". Nos sentamos a esperar a que mi inquebrantable amigo, terminará su reunión para que nos recibiera. Como a los diez minutos, se comunicó con la secretaria y le dijo que a mí que no me fuera que ya casi el terminaba con la reunión importante. Le ordenó a la secretaria que mientras esperábamos sentados, que nos brindará un cafecito caliente, transcurrieron treinta minutos más y volvió a llamar a la secretaria y le pidió a la secretaria que me pusiera al teléfono, nos saludamos por teléfono, como en los viejos tiempos, conversamos por espacio de dos o tres minutos, luego me dijo que lo disculpara, que la reunión importante se había extendido más de la cuenta, que le había llegado su hora de almuerzo y que tenía un compromiso para almorzar con alguien, que él se tomaría una hora de almuerzo, que si yo lo podía esperar hasta después del almuerzo, que entonces si él iba a tener tiempo para juntarnos, le dije pensando en nuestro amigo que estaba desempleado, "tranquilo toma tu almuerzo, yo vendré a verte después que tu terminé el almuerzo", eran casi las doces del medio día y le sugerí a nuestro amigo, que saliéramos a una cafetería cercana, nos comiéramos un par de sándwiches y nos refrescáramos con unas cervecitas bien frías y regresáramos, para poder ver a nuestro entrañable amigo y así lo hicimos. Cuando regresamos para atrás, la secretaria me dijo "¡oh! ahora mismo, estaba el Licenciado aquí que salió a saludarlo, déjeme llamarlo para decirle que ya están aquí" dígale que en cinco minutos estoy ahí, contestó mi esquivó y resbaloso amigo, mi optimismo se mantenía y el de mi amigo desempleado se desvanecía, cada vez más, a los cinco minutos salió un policía de la oficina identificándose como el teniente Severino, escolta del funcionario y me dijo que "él no iba a poder atenderme hoy, que si yo podía decirle a él, lo que yo quería para él comunicárselo al licenciado". Respire profundo, le tiré mi brazo por el hombro al oficial, me acerqué a su oído y le dije con mi voz pausada "dígale al señor licenciado que yo a lo que vine fue a decirle a él es que se vaya pal" carajo,

que el hoy está arriba y mañana puede estar abajo"
mientras agarraba al amigo desempleado por las manos y
le decía "tú tenías razón, vámonos de aquí esté amigo lo
hemos perdido, ya es todo un burócrata pequeño burgués".

EL DINOSAURIO

No soy muy dado a la tecnología, ni a su inexorable avance. No sé, si será porque el avance tecnológico se mueve más rápido que mi capacidad para aprender a manipularlo o porque mi cerebro se quedó estancado una o dos década antes del llamado: "boom tecnológico" y no puedo bailar al compás de ese ritmo, porque mis neuronas se empequeñecen y no puedo asimilar tanto progreso tecnológico en mi cabeza, tan rápidamente Siempre que ando con un teléfono inteligente en mi bolsillo, me siento perseguido, vigilado y accesible a cada momento, mi privacidad y mi libertad de libre tránsito, la siento invadida por estos aparatos de facilitación de comunicación modernos, que te ubica en todos los rincones del mundo y no te le puede esconder, siempre sabrás donde estás y donde estuviste hace diez años atrás. Por años me resistí a la tentación de ser portador de uno de esos teléfonos ambulantes. Desde los quisquillosos y vibrantes Beepers, hasta los Súper modernos celulares o minicomputadores portátiles. Siempre me he mostrado renuente a su uso. Creó que estos artefactos serán la perdición de la libertad individual y el libre albedrío del género humano. Accedí a ser portador de uno de estos artefactos por el año del 2004, cuando tuve que trabajar en un horario nocturno y me vi en la necesidad de tener que mantener el contacto telefónico con mis vástagos pequeños, que se quedaban en la casa, bajo la supervisión de mi madre, ya que mi esposa trabajaba en el horario nocturno también y era imprescindible tener que comunicarme con ellos, por si ocurría algún inconveniente o emergencia en la casa, porque mi madre empezaba a perder sus habilidades vitales, producto del discurrir de los años en su anatomía. Una mañana cualquiera, me dirigí a la avenida de Fordham Road en el Bronx, a una tienda reconocida que instalaba, vendía y conectaba dichos artefactos, llevaba un ejemplar de un teléfono que había sido utilizado previamente por mi esposa y lo había dejado de usar uno o dos meses atrás, porque ella había adquirido otro más actualizado y moderno, me dijo: "toma este que yo tengo, está un poco viejo, pero para el uso que tú le vas a dar está más que bueno". Tomé el celular y me dirigí a la susodicha tienda, al llegar mi turno para ser atendido, me recibió un joven, que usaba unas barbas más largas que la del comandante Fidel Castro, qué le colgaban casi hasta el pecho, con mucha amabilidad y gentileza me dice el joven: "en qué puedo servirle señor". Tomé mi celular y con una sonrisa devolviéndole la deferencia que me mostró, se lo puse en la mano y le dije: "Quiero conectar este teléfono" con aire de que iba a estar bien "plantado" en la onda de los teléfonos inteligentes. El joven observó mi teléfono detenidamente con cara de asombro, lo miró por todos lados y pegó una tremenda carcajada. Me quedé mirándole fijamente, mientras el continuaba mirando mi teléfono y exclamaba en voz baja "esto es increíble, no lo puedo creer y cómo se podrá conectar esto", luego sus comentarios fueron subiendo de tono y empezó a gritar a viva voz en toda la tienda, muerto de risa: "señores vengan a ver este ejemplar, esto es lo que se llama un dinosaurio", refiriéndose a mi teléfono, "alguno de ustedes me puede indicar como puedo instalar esté fenómeno" los empleados de la tienda se le acercaron unos tras otros, a observar la "reliquia", que yo había llevado a conectar, los clientes que estaban en la tienda todos esbozaban una gran sonrisa y con extrema curiosidad, veían como el empleado mostraba a todo el mundo que trabajaba en la tienda, la asombrosa "pieza tecnológica de museo" que yo poseía, muchas personas de los que estaban como clientes, se desplazaban de lugar para poder ver y contemplar la reliquia arqueológica de mi propiedad, el dependiente de la tienda se la mostraba a todos los que se encontraban en los alrededores y todos me miraban con asombro, como preguntándose y "puede haber alguien que use un teléfono tan antiguo como ese" le digo "pero lo puede conectar, yo sólo lo quiero para poder realizar llamadas y tener comunicación con mi familia" para tratar de desviar un poco la atención que había suscitado el bendito teléfono fosilizado entre todos los allí presentes. Me respondió tajantemente, "no ya esos teléfonos están descontinuados y no hay forma de poder conectarlo". Tan pronto ceso la algarabía creada por mi celular, se lo arrebate abruptamente de las manos al jovenzuelo y hablándole en voz alta y con signos claro de enojo le dije: "yo traje este dinosaurio aquí, porque tú con esa barba te me parecía a un cavernícola y yo creía que tú y mi dinosaurio se iban a entender perfectamente bien". Escuché algunas carcajadas, mientras me alejaba y me dirigía caminando rápidamente, hacia la puerta de salida más cercana del lugar, sin mirar hacia atrás para no escuchar la respuesta del desconsiderado e indiscreto joven que me desatendió.

PROFESOR SUSTITUTO

En la primera mitad de la década de los años ochenta, la actividad económica principal realizada por este servidor era la de profesor sustituto, en la escuela primaria Honduras, en la ciudad de Santo domingo, actividad que realizaba, en ocasiones con mucha pasión, más que por la remuneración económica, pues, con los bajos salarios que históricamente han percibidos los maestros Dominicanos, muchas veces, no les alcanzaba lo que ganaban para pagarme completamente los días que les reemplazaba y les tenía que dejar los días en fondo "fiao". Algunos me pagaban, otros me dejaban "enganchado" (no me pagaban) pero bueno, este no es el tema que me compete en este momento. Ahora quiero relatar tres anécdotas de situaciones que me ocurrieron en mi breve paso por el sistema de enseñanza dominicano.

LA VARITA

La primera vez que me tocó sustituir a una profesora, fue a una que impartía el segundo grado de la enseñanza primaria, la cubrí por espacio de una semana completa. El primer día de clase llegué alrededor de veinte minutos retrasado, pues mayormente, cuando un profesor o profesora faltaba, lo hacía sobre la marcha y sin previo aviso. El profesor faltaba, e inmediatamente, la secretaria del centro educativo, se ponía en contacto conmigo, por vía telefónica y yo, de inmediato acudía a la escuela a reemplazar al maestro, me tardaba de quince a veinte minutos en llegar a la escuela, cuando entré al salón de clases, todos los niños estaban alborotados, el salón de clases parecía el local de un reconocido partido político dominicano, que se caracteriza por solucionar sus diferencias, en las convenciones que realizan, a puños y sillazos limpios. Los pupitres tirados en el piso, los niños estaban con una algarabía y un bullicio insoportable, correteando de un extremo a otro del salón, el caos era tan grande, que el primer pensamiento que tuve cuando vi todo ese desastre fue, "en qué lío me he metido yo". Caminé hacia el centro del aula y me paré en el centro del pizarrón. Escribí mi nombre y dije con una sonrisa en los labios "Buenos días", algunos me respondieron, pero en su gran mayoría todos continuaron como si no hubiesen visto a nadie. Toqué tres veces con mi puño en el pizarrón y los niños se callaron un momento y fijaron su atención hacia mí. Me dije "Bueno ya logré tranquilizarlos" me presenté ante ellos y les dije "yo seré su profesor durante toda esta semana" y la algarabía de los niños retornó nuevamente, los muchachos volvieron a su anterior estado de desorden. Abro los brazos y miro hacia el techo y me pregunto "qué habré hecho yo para merecer este desorden" No sé qué tiempo ha transcurrido, desde que ingresé al aula, pero no he podido tranquilizar en todo, ese tiempo, a esos condenados muchachos. En eso, llega una profesora del aula contigua a la que yo me encontraba y manda a callar a los estudiantes y estos se callan, hacen un silencio sepulcral, en la presencia de dicha profesora, cuando ella se percata de que yo estaba ahí en el aula, se disculpa conmigo y me dice "oh, perdone yo pensaba que los niños estaban solos, como tenían todo ese escándalo y no me dejaban explicar mi clase, pues me interrumpía con el ruido que hacían, salí para ver qué les ocurría, creí que no había nadie aquí" le respondí que "estaba bien que no se preocupara, que no había problema, que yo tenía más de veinte minutos tratando de hacerlos callar y que no había podido lograr que se callaran", ella me replicó que "esos muchachos son muy tremendos y no le hacen caso a nadie" y me dio la sugerencia de qué porque no me buscaba una "varita" para que me pongan atención, los niños, y le dije, "Bueno vamos a ver, pero yo creo que eso no será necesario, esos métodos de enseñanza son obsoletos y en nada ayudará a contribuir a tener una buena comunicación entre ellos y yo" le dije con ínfulas de creerme ser un gran pedagogo moderno. Mientras la profesora estuvo conversando conmigo los niños se mantuvieron serenos y callados, porque tenían miedo de que ella los viera haciendo desórdenes y los delataras con su profesora verdadera, pero, tan pronto esta dio la espalda estos "demonios" que se hacían llamar niños, volvieron a sus andanzas. Volvió el caos y la anarquía a la clase. Yo ya estaba al borde de explotar, yo sólo quería darles clases, cumplir la misión que me había encomendado su maestra y esos niños revoltosos me lo estaban impidiendo y haciéndome el trabajo más difícil, el bullicio era tan grande en el salón que llegaron dos profesoras más, para averiguar qué estaba ocurriendo en el aula, Y por qué estaban tan alborotado los estudiantes. Yo, ya estaba que me dolía la garganta, de tanto mandarlos a que se callaran, había agotado todos los medios pacíficos y persuasivos para callarlos y tranquilizarlos, ya estaba dispuesto a utilizar el "método obsoleto" de enseñanza, que la maestra me había sugerido y recomendado, quería salir a buscar la varita, pero no quería dejarlos en el salón de clases solos, cuando alcanzó a ver un niño conocido, que era el sobrino de uno de mis más entrañables amigos y lo llamó, le digo "hey Moreno ven acá, hazme el favor y ve a buscarme una varita de aquella mata de guayaba que está allí afuera", Moreno raudo, veloz y servicial se apresuró y salió a buscar la varita, pues como él me conocía, se imaginaba que estaba: "enllavado" conmigo, debo dar fe, de que Moreno, pese a que yo lo conocía y sabía que él era muy inquieto y travieso, cuando me vio se sentó tranquilito en su asiento, era el único niño qué no estaba alborotado, pues a lo mejor tenía en su mente, el temor de que yo le dijera a sus padres que él se portaba mal en la escuela, ya que yo frecuentaba su casa con cierta regularidad. Mientras Moreno buscaba la "varita" pensaba, en que yo iba hacer cuando él me trajera la varita "acaso tendré que caerle a varazo a todos los niños para que se callen y se sienten tranquilos "Moreno llegó y me entregó el encargo que le había encomendado, y reaccione inmediatamente, pegándole el primer "varazo" a Moreno en las canillas (el sobrino de mi amigo) y lo mandé a sentar, en un tono enérgico, cuando dirijo mi vista hacia los demás niños, veo que están empezando a organizarse, sigilosamente y poniendo las butacas en orden y en total silencio, entonces pregunté en un tono enérgico" ¿Quién quiere ser el próximo en probar la varita? poniendo mi rostro adusto y severo, mientras Moreno se rascaba las canillas con sus manitos, los demás niños me observaban atentamente con sus ojazos abiertos y con sus caritas llenas de asombro, casi al borde del temor y el pánico, sólo después de este acto violento de mi parte, comenzaron a escuchar con gran interés y devoción mis enseñanzas y al fin pude completar el primer día de clase como profesor sustituto. Al día siguiente la maestra que me dio la sugerencia de la varita, me vio y me preguntó, que cómo me hice para controlar y tranquilizar a esos engendros del mal, escondiendo la varita le dije "usando psicología infantil y un poco de paciencia logré calmarlos, mientras me decía en mis adentros "Si", gracias a Dios y a la varita que usted me sugirió "pude controlar a los niños y pude cumplir mi compromiso de profesor sustituto durante esa primera semana. Esa fue la única vez que la use, aunque debo admitir que me mantuve llevando la varita como resguardo y amuleto para la buena suerte, durante toda la semana, por si acaso".

EL NIÑO PENSATIVO

En esa ocasión llegué puntual a mi compromiso con los niños de la clase de tercero B. Procedo a pasar la lista y anotar los presentes y los ausentes. La profesora que me había tocado sustituir en esta oportunidad era bien metódica y meticulosa, me había dejado por escrito todo lo que debía impartir en ese día. Inició el plan del día con la asignatura de matemáticas y le escribí en el pizarrón una serie de operaciones Matemáticas, que incluía suma, resta, división y multiplicación. Le puse las suficientes operaciones como para que los niños estuviesen entretenidos desarrollándola por espacio de una hora a una hora y media. Mientras tanto aprovecharía para empezar a leer la novela Over, de Ramón Marrero Aristy, que mi profesora de literatura me había asignado, para que realizará un informe de lectura con su respectiva exposición. Cuando sacó el libro y me propongo abrirlo para iniciar la lectura, echo un vistazo de reconocimiento por toda el aula, para cerciorarme de que todos los niños estuvieran haciendo su lección, cuando divisó a un niño que está bien pensativo, mirando por la ventana hacia afuera del recinto. Lo vi tan pensativo que mi vista se detuvo en su persona y me quedé parado mirándolo fijamente. El niño poseía una mirada profunda, la expresión de su cara era como una mezcla de tristeza y preocupación. Me quedo observándolo por espacio de unos cinco minutos, mientras los demás niños hacían su tarea. Algunos copiaban de los amiguitos. Este niño solo miraba por la ventana hacia afuera pensativo y casi sin pestañear. Mi curiosidad fue en aumento, hasta que decidí acercarme al niño. Primero miré hacia afuera por la ventana, para ver si afuera estaba ocurriendo algún acontecimiento que hubiese provocado su distracción y no ocurría nada, entonces me le acerqué y le pregunté que "qué le pasaba, que porque no estaba haciendo su tarea como los demás niños" él niño me respondió "Es que no tengo mascota profesor", por casualidad yo tenía algunas mascotas nuevas que había comprado en la librería y le digo "no te preocupes yo te voy a regalar una mascota" voy corriendo al escritorio donde tenía mi bulto y le traigo la mascota, el niño esgrimió una gran sonrisa, cuando le entregue la mascota, me dije esperanzado: "Bueno problema resuelto" y vuelvo a sentarme en el escritorio a empezar a leer el libro. Al rato vuelvo a voltearme a mirar al niño y lo veo otra vez sumergido en su letargo, mirando hacia afuera por la ventana. Voy nueva vez donde él y le preguntó que "qué le pasaba ahora", y me respondió en esta ocasión "Es que yo no tengo lápiz profesor", le reproche que porque no me lo dijo de una vez cuando le di la mascota, no recuerdo cuál fue su respuesta, el hecho que le busque un lápiz y se lo regalé y volvió a esgrimir otra sonrisa. "Ahora sí" me dije "el niño empezará la tarea", mientras volvía al escritorio y retomaba la lectura del libro que había interrumpido. No sé qué tiempo había transcurrido, cuando siento que alguien me toca en el hombro, cuando levanto la mirada, era el niño pensativo que había terminado la tarea primero que los demás niños. Se la corrijo y todo fue excelente, los demás niños empezaban a traerme sus tareas y en ese mismo orden se las iba corrigiendo. En eso suena el timbre, indicando que había llegado el tiempo de recreo, se arma una algarabía y gritos de alegría, cuando creo que los niños han salido todos al recreo y que yo me encuentro sólo en el aula, alcanzó a ver al niño pensativo sentado en su butaca, mirando hacia el horizonte. Me le acercó y le preguntó que "por qué no salió al recreo", y me responde que "él no salía al recreo porque su mamá no tenía dinero para darle para el comprar", le dije "pero en el recreo tú no tienes que comprar si tú no tienes dinero" "el recreo" -continué diciéndole– "es para que tú despeje la mente un rato y pueda conocer y jugar con tus amigos", "sí pero casi todos los niños compran una merienda en el recreo" me respondió. "si yo te regaló dinero tú saldrías le pregunté y encogiéndose de hombros me dijo que no sabía, saqué un peso de mi bolsillo y le dije "Cómprame un frío frío de Tamarindo y quédate con la devuelta para que te compre para ti lo que tú quieras", salió y me trajo el frío frío y el niño volvió y salió para su recreo, el recreo terminó, yo continúe corrigiendo la tarea. Luego escribí en la pizarra un cuestionario de historia, y por último, puse a los niños a leer un capítulo de su libro de lectura, cuando en eso suena el timbre anunciando el final de la jornada escolar. Me quedo sentado en el escritorio recogiendo y acomodando mis cosas, en lo que los niños salían, cuando de repente siento unos bracitos que me abrazan, me daban un beso en la mejilla, y escucho que me dicen "Gracias profesor, es usted tan bueno" cuando me volteó a mirar, era el niño pensativo, que se despedía de mí con una gran sonrisa en los labios. Esa fue la única vez que lo vi, pues en las próximas ocasiones en que me tocó sustituir a su profesora pregunté por él y me dijeron que había abandonado la escuela, yo todavía me pregunto qué habrá sido de ese niño, con esa inteligencia brillante e ingenuidad y ternura. Sí habría sido una víctima más de la pobreza y la marginalidad.

EL FORTACHÓN

Luego de que me gradué e inicié la Universidad, algunos profesores amigos empezaron a llamarme para que le sustituyese. Esta vez eran profesores que impartían docencia para la educación secundaria, o el bachillerato. Una vez me llamó un profesor, que impartía la materia de Historia

Dominicana, para el primer grado del bachillerato y tenía que estar en estado de reposo por espacio de dos meses, pues tenía que realizarse una operación, que le requería estar en inactividad todo ese tiempo. Yo accedí con gusto a reemplazarlo. El tiempo en que esto ocurriría coincidiría con las fechas de los exámenes finales y el final del periodo escolar, por lo que me sentía un tanto preocupado, puesto que me correspondería a mí, como profesor sustituto hacer la evaluación final de esos estudiantes. El profesor, antes de salir a enfrentarse con su operación, me presento ante los estudiantes, y les comunico que yo sería el profesor por lo que restaba del año escolar, dándome todo el poder, autoridad y su confianza, ante sus alumnos de que sus destinos si eran promovidos o no de grados dependían de mi palabra, de lo que yo le dijera al profesor en torno a su comportamiento y el desempeño individual y colectivo que ellos mostrasen en clase, tenía la autoridad plena de decir y decidir quién pasaba o no de grado. Debo confesar que nunca me había visto y sentido con tanto "poder" en mi corta vida, para decidir sobre el futuro de otros, creo que en esa ocasión comprendí porqué los dictadores se convierten en dictadores. El primer día que asistí a reemplazarlo, hubo un estudiante, que al parecer no le caí en gracia y empezó a entorpecer e interrumpir la clase con ocurrencias e intervenciones de mal gusto. Con mucha amabilidad y cortesía le pedí que me permitiera impartir docencia, luego de dos o tres interrupciones más, lo convido a que hiciera silencio que ya era suficiente. Empiezo a hablar sobre el gobierno del presidente Ulises Francisco Espaillat "Este gobierno se caracterizó, por tratar de combatir y enfrentar la corrupción administrativa, luchando contra el nepotismo, el amiguismo y el tráfico de influencias, trató de desarrollar y fortalecer la institucionalidad y crear un estado moderno" y el estudiante continuaba haciéndose el gracioso, me interrumpía, una y otra vez. Esta vez lo mandé a callarse en un tono más molesto, esta vez le dije, sin ningún tipo de cortesía "Escúchame, ya me tienes cansado o te callas o te me sale de la clase una de dos" a lo que él me respondió de una manera desafiante: "Ven sácame si tú eres un hombre". Hasta ese momento, yo solamente lo había visto sentado y a cierta distancia, caminé hasta donde él se encontraba sentado, y le digo señalando hacia la puerta y en un tono enérgico "te me sale de la clase", mi intención era de sacarlo por ese día solamente de la clase. El estudiante siguió sentado en su asiento, ignorando el señalamiento que le hacía de que saliera del aula, hasta que le tomé por un brazo y lo paré del asiento. Sólo en ese instante me percaté de que el bendito muchacho tenía dos mazos de brazos y una estatura descomunal y yo que tenía una contextura física similar a la de "Popeye el Marino" antes de comer su popular espinacas, el emulo de Charles Atlas, se sacude el brazo y se suelta, yo para poder verlo a la cara tenía que mirar hacia arriba, me dice "yo voy a salir, pero tú no tiene que agarrarme" le dije: "está bien pero te me sale de la clase", cuando el inicia el movimiento para salir del aula, me lanza una amenaza y me dice: "yo voy a salir, pero ahí afuera somos dos hombres. Te voy a esperar cuando salga" me dijo en un tono a lo Silvestre Stallone en la interpretación de su personaje de "Rambo", eso último me hizo estallar, escuche un murmullo de alguien que dijo, que el estudiante era un boxeador. Yo con la sangre hirviendo y envalentonada le dije: "si allá afuera somos dos hombres, pero aquí adentro yo soy el profesor y tú tienes que respetarme. Desde este instante considérate con esta materia quemada, pues mientras yo esté impartiendo esta materia no te quiero ver en mi clase. ¿Cuál es tu nombre?" le pregunté y no me dijo. Alguien de los alumnos me gritó su nombre, busqué el libro de registro y el nombre estaba ahí escrito, lo marqué con un asterisco. Terminé ese período de clase, luego pasé a otra sección. Después vino la hora de salir, cuando salgo algunas jovencitas de la clase me rodearon con la intención de protegerme del fortachón y me dicen profesor nosotras las vamos a cuidar del grandulón, le agradecí su gesto, y le dije que no era necesario, que yo sabía defenderme solo. Llegué a mi casa sano y salvo ese día. El fortachón no cumplió su amenaza. Al día siguiente cuando regresé al Liceo, el director del plantel me estaba esperando y me llamó a su despacho, cuando entré a su oficina, estaba con el estudiante sentado a su lado y me pregunta "qué pasó con éste joven" y le respondo: "Que no lo quiero en mi clase por irrespetuoso y malcriado", el director me dice "Que esa no era la opinión que él tenía del joven" que para él era todo lo contrario. Entonces yo le respondí al director, que si él creía que yo me estaba inventando todo eso, él me dijo que no que, él me consideraba una persona honesta y justa, que si yo había tomado una decisión así, tuve mis motivos, pero que él consideraba que el estudiante no tenía ese tipo de comportamiento, que merecía otra oportunidad. Por último el director me dijo que si yo podía reconsiderar la sanción. Le dije que yo podría reconsiderarla, pero que él tendría que ganárselo y le puse dos condiciones. Una que no asistiera por el resto de la semana a la clase, cómo una medida de coerción por su irrespeto a mi autoridad y dos que cuando retornara de vuelta a la clase la próxima semana, me pidiera disculpas delante de sus compañeros de clase, por su comportamiento y actitudes hacia mí. El fortachón aceptó las condiciones que impuse, estuvo de acuerdo con las exigencias planteadas por mí, no asistió a mi clase durante el resto de la semana y cuando regreso me pidió disculpas por su comportamiento, cuando ingresó al salón de clases, hice una introducción al fortachón a sus compañeros, le acepté su disculpas, y dejé bien en claro cuáles serían mis reglas de juego en lo adelante, reinicie la docencia con el mismo entusiasmo con el que había iniciado la semana anterior, el fortachón a partir de ese instante, se convirtió en mi estudiante más activo de la clase, participaba en todas las actividades académicas que yo realizaba, me fue demostrando poco a poco que era un excelente estudiante, en un momento de nuestra interacción como profesor y alumno, llegamos a conversar, sobre su comportamiento inicial hacia mi ese primer día de clases y me confesó no tener una respuesta precisa al respecto, me dijo que quizás fue por mi juventud, pues yo acaso podía haber tenido uno o dos años más que él y él pensó que sería una pérdida de tiempo que él tendría en esa materia, me agradeció el conocimiento que pude haberle transmitido, fue merecedor de que le eliminara la sanción y le diera una segunda oportunidad para su reivindicación.

BREVE ENTREVISTA A UN EXTRATERRESTRE

Viajaba junto a mi esposa por una de las zonas más inhóspita de la isla, por la carretera Sánchez a la altura del área denominada el Kilómetro 15 de azúa. El calor era sofocante, el paisaje tétrico, desértico y desolado, la temperatura debía de oscilar cerca de los cien grados Fahrenheit fuera del vehículo, lo cual no se sentía dentro del auto porqué llevábamos encendido el aire acondicionado, de repente un rayo de luz se atravesó en nuestro camino y se posó a un lado de la carretera, era un objeto redondo que empezó a parpadear, cambiando de colores, extremadamente intensos, con una brillantez que, nunca antes había visto en mi vida. Era una nave espacial, que creó un campo magnético, a nuestro alrededor, hizo que nuestro vehículo desacelerara la velocidad, y el tiempo empezó a transcurrir en el vehículo despacio, mientras mi esposa me miraba con los ojos llenos de pavor y de preocupación. La nave abrió una compuerta y desde dentro de ella salieron dos seres con un traje lumínico, eran la una y media de la tarde y el sol iluminaba con todo su esplendor, yo no sabía lo que estaba ocurriendo, ni lo que estaba pasando. Al ver a estos seres salir de la nave empezó a sentir temor, un temor tan profundo, que mi corazón latía tan deprisa que creía se iba a salir de mi pecho, un temor que me llevaba casi al punto del desmayo, eran unos seres bastante altos y de una delgadez casi cadavérica, estos seres me empezaron a tranquilizar hablándome, por medio de la mente, sin abrir los labios, pero transmitiéndome un mensaje que me produjo una profunda tranquilidad, a través de su mente crearon una vía de comunicación, conectando su mente con la mía, el temor que se apoderó de mí en un principio se disipó y comenzaron a decirme: No tengas miedo de nosotros, si hubiésemos querido hacerte daño ya te lo hubiéramos hecho nuestra misión no es destruir la vida, sino preservarla. Sé qué estás lleno de preguntas e interrogantes, trataré de responderte todas las que te pueda responder, conocemos el pasado y el presente de ustedes, pero no podemos predecir el futuro porqué este no ha ocurrido aún, por eso estamos nosotros aquí, observándolos de cerca para impedir que no cometan errores que podrían alterar el orden planetario. Me puedes hacer todos los cuestionamientos que desees". Aún con un poco de temor, me armé de valor e idealice un cuestionario mental, sobre algunas cuestiones que me gustaría saber y que pudieran ser de utilidad para la raza humana.

Mi primera pregunta fue, lleno de curiosidad "¿Quiénes son ustedes y de qué planeta proceden?" le cuestione como un niño ávido de conocimiento, el sin rebuscar en su cerebro su respuesta, y poniendo su rostro sin ningún tipo de expresión, me dijo: "nosotros venimos del espacio sideral de una constelación a miles de kilómetros de años luz de distancia de la Tierra, venimos como amigo, para estudiar su civilización y su cultura. Somos viajeros del espacio y andamos de mundo en mundo, de Planeta en planeta, cerciorándosenos de que todos los seres vivos del universo puedan, vivir en sus respectivos planetas en plena Paz. Indicándome en un mapa estelar un punto luminoso. "nuestro planeta está ahí" y haciendo un recorrido con su dedo, me dijo: "y ustedes están aquí" mostrándome donde se encontraba la tierra, con relación a la distancia de su planeta. Pertenecemos a otro sistema solar, para llegar aquí tememos que atravesar Andrómeda, Ganimedes y la constelación de Orión, y varios sistemas solares más, que ustedes aún no lo han observado, a los cuales, hemos tenido que intervenir para que no destruyeran la armonía universal, que se encontraban en un nivel de desarrollo, similar al que se encuentran ustedes actualmente. De dónde venimos nosotros nada se compra, nada se vende, esas relaciones mercantiles son primitivas, nosotros la hemos superado hace millones de años y ustedes algún día la superaran, hemos logrado prolongar nuestras vidas al equivalente de mil años terrestres. Hemos desarrollado tecnología, con conocimiento, con inteligencia artificial y los robots controlan todo el proceso de producción de riqueza de nuestro planeta, nosotros no compramos, ni vendemos nada, sólo tomamos lo que necesitamos para vivir, no acumulamos riquezas, porque los robots lo producen todo para nosotros y nosotros sólo dedicamos el tiempo para descansar, estudiar investigar y explorar el universo. Nosotros logramos recorrer millones y millones de km de años luz en poco tiempo en segundos en minutos en horas. Venimos observando su planeta desde que éste empezó a crear las condiciones para que la materia inorgánica se convirtiera en orgánica y este a su vez le diera nacimiento a los primeros seres unicelulares vivientes en su planeta, hasta la aparición de los dinosaurios, hace millones de años. Nos alejamos y dejamos que la vida en la tierra siguiera su curso normal, hasta que ustedes empezaron a descomponer el átomo y a crear bombas atómicas, capaces de descontrolado el equilibrio universal.

Nuestros robots están dotados de Inteligencia artificial, ellos mismo se fabrican. Ellos mismo se desechan, cuando hay alguno que está inservible o cuando necesitan nuevos robots para producir mercancías o para las labores agrícolas. Sólo tenemos tiempo para estudiar e investigar y entremezclar, el descanso con aprendizaje, pero hay que tener cuidado con las personas que programen a esos robots, deben ser personas que hayan superado todas las bajezas que poseen ustedes los humanos como la envidia la maldad el odio, la avaricia, el afán desmedido de acumular riqueza y objetos. Sólo trabajamos para el bien de la comunidad planetaria. Somos miembros fundadores de la Comunidad Interplanetaria Universal, que se encarga de establecer y regular las relaciones universales, del cosmos, así regulamos el tránsito de naves, procedentes de otras galaxias y de otras constelaciones y latitudes. Observamos otras civilizaciones interplanetarias, que son malignas y aún no han podido superar algunas de las bajezas que ustedes todavía poseen y los mantenemos alejados de razas, que hay en el universo que no han logrado un grado de desarrollo que le permita vivir en armonía con la naturaleza y la exobiología y ex ecología interplanetaria, cómo ustedes existen millones de civilizaciones qué no han logrado superar sentimientos y comportamientos primitivos como el individualismo, el egoísmo, la avaricia, la envidia, el odio.

Venimos a rescatarlo de una gran catástrofe que va a terminar con toda la Tierra y todo lo que habita en ella por eso nos inventamos una enfermedad para ponerle una vacuna que cambiará todo el sistema inmunológico humano le permitirá poder viajar a grandes velocidades y atravesar millones de kilómetros de años luz en minutos para reubicarlos en otros mundos y poder salvarlos de la destrucción de su planeta que ustedes mismos están organizando, con la explotación desmedida de los recursos naturales que poseen. La entrevista fluía de manera casi espontanea, pues el parecía conocer las preguntas que le haría a continuación:

¿Y cómo resolvieron el problema de la distribución y la acumulación de riquezas? Pregunté con inusitada curiosidad, mientras le miraba con atención a sus ojos, grandes y ovalados.

Muy sencillo, respondió sin mostrar ningún tipo de expresión en su rostro, empezamos eliminando las transacciones mercantiles, eliminamos el dinero y prohibimos las riquezas individuales. Nadie en nuestro planeta, puede tener riqueza particular. Nosotros trabajamos para nosotros mismos producimos lo que consumimos y no acumulamos, grandes riquezas, si queréis riqueza individual, te expulsamos de nuestro planeta, para que pueda vivir con tus riquezas fuera de nuestro planeta. No tenemos reyes, ni presidentes, ni senado, ni congreso, esos sistemas parasitarios que entorpecen el avance de la humanidad, tenemos un consejo de sabios, que evalúan nuestro sistema social y se encarga de escuchar y conocer todos los conflictos sociales y políticos que puedan darse, buscándole una solución inmediata para que ningún ciudadano de nuestro planeta, sufra por falta de equilibrio social y de justicia. Nuestro sistema de gobierno está basado en una gerontocracia, donde los viejos más sabios, discuten sobre todos los problemas que nos atañen como conglomerado social y le buscan una solución que no perjudique a ningún ciudadano, las riquezas que producimos es una riqueza social, una riqueza colectiva, para todos, que se distribuye según la necesidad individual, todo dependerá de la manera en que ustedes logren distribuir los recursos naturales y la riqueza que posee su planeta que todos puedan verse como uno solo y que todos entiendan que los recursos son para todos que si le arrancan los recursos despiadadamente y sin contemplación a su planeta, se quedarán sin planeta y sin recursos. Y si ustedes no logran ponerse de acuerdo entre ustedes mismos los humanos, entonces nosotros intervendremos, porque no permitiremos que pongan en riesgo la estabilidad de la vía láctea y del sistema solar y destruiremos a los humanos malvados.

¿Y quiénes son los humanos malvados? Le inquirí hábilmente- "eso tendrá usted que averiguarlo, por su propia cuenta". Me respondió sin inmutarse. "Nosotros no queremos intervenir en sus asuntos internos, sólo podemos intervenir en el caso de que sus decisiones, sean un peligro externo para nuestro mundo".

¿Lograremos los humanos algún día alcanzar el desarrollo de ustedes? Sí algún día podrán hacerlo pero todavía se debe derramar mucha sangre ríos y mares de sangre de gente buena de gente malvada de gente egoísta de gente mala y algún día lograrán el equilibrio que nosotros hemos logrado. La entrevista concluyó, vi su nave alejarse a la misma velocidad en qué la vi llegar "¿quién me creerá si ni siquiera pude hacerme una selfie con él?